無敵の万能要塞で快適スローライフをおくります
~フォートレス・ライフ~
3
シャウナ
黒蛇族で、ローザと同じ
八極のひとり。
可愛い女の子大好きな
残念美人。
ローザ
齢三百歳を超える
世界最高の《大魔導士》。
だが、外見相応に可愛い
ものに目がない。
フォル
完全自律型甲冑兵。
特技は料理で、
要塞村の
厨房を担う。
要塞村に秋到来！
秋の味覚を満喫中！

ヒノモト文化の
お月見会開催！
エステル
《大魔導士》の
ジョブを持つ、
トアの幼馴染。
ジャネット
ドワーフ族の娘で、
鍛冶の腕前は随一。
インドア派で小説を
書くのが趣味。

マフレナ
伝説の人狼一族、
銀狼族の娘。
無邪気で（色々と）
警戒心が緩い。
クラーラ
《大剣豪》のジョブを
持つエルフの少女。
脳筋でさっぱりした
性格で、要塞村では
狩りを担当する。
トア
無血要塞・ディーフォルを
自在に改造する
《要塞職人》で、
いつの間にか村長に。
個性豊かな住人と
第二の人生を謳歌中。

一方その頃、
トアの聖騎隊同期たちは……
「あのふたりは俺たちが心配しなくたって、きっとうまくやっているさ。次に会う時にはもう結婚していて、子どもがいるかもしれないぞ」
「トアがそこまで察しよくやれるとは思えないけどねぇ」
「そうだぞ、エドガー！トアに子どもなんてまだ早い！」
ネリス
天然や自由人な同期たちの中では常識人。つまり苦労人。
クレイブ
名家の子息で生真面目だが、どこか天然な一面も。
エドガー
軟派な性格で、自由人。何やらトアと因縁があるようで……。

鈴木竜一
ill. LLLthika
無敵の万能要塞で快適スローライフをおくります
3
～フォートレス・ライフ～

口絵・本文イラスト
LLLthika

装丁
coil

contents

プロローグ

エステル・グレンテスの突然の失踪はフェルネンド王国に大きな衝撃をもたらした。

次期英雄候補。

品行方正。

おまけに美少女。

国民が望む理想のヒロイン像をすべて満たすエステル。

そんな彼女が無能ジョブ持ちの幼馴染《おさななじみ》のため国を出たというニュースは、「余計な混乱をもたらさぬよう」という名目のもと聖騎隊上層部によって隠蔽されることとなった。

しかし、それが発覚するのは時間の問題だろう。

新たな国のヒロインとして、さまざまな式典などにも参加するなど異例の扱いを受けてきたエステルが突然いなくなったのだ。人の目に触れない日が続けば、不審に感じる者が続々と出てくるだろう。

そんな彼女に早くから目をつけていたのが、フェルネンド王国の貴族・コルナルド家だった。

古くからフェルネンドの繁栄を裏から支え、時には違法スレスレの行為にも手を染めた。そのため、今も王族とは親密な関係を築いており、その証拠に、王国の重要な役職の多くにコルナルド一族の名が連なっている。

そのコルナルド家現当主の息子であるディオニスが、エステル・グレンテスを密《ひそ》かにつけ狙っていた。

理由は、彼女が《大魔導士》として優れた力を持っており、いずれは国のヒロインとして国民的な人気が出るだろうと予測し、彼女を妻にすれば自分の立場も上がると考えたのだ。

わざわざ新聞社に捏造《ねつぞう》記事まで書かせたが、結局、エステルは幼馴染のトアを追って聖騎隊を去ってしまう。

これが、彼のプライドをひどく傷つけたのだった。

それでもディオニスの野心は失《う》せない。

エステルが聖騎隊を去ってから間もないうちに次の策へ打って出ていた。

◇◇◇

ストリア大陸では夏が過ぎ、吹く風には冷気が感じられるようになったある日の深夜。

フェルネンド城にあるディオニス・コルナルドの執務室にはふたりの人物がいた。

「ねぇ、ディオニス……今度はいつ会えるの？」

「今こうして顔を合わせているというのに、もう次のおねだりですか？」

「だって今日は朝までいられないんでしょう？」

イスに腰かけて仕事を続けるディオニスの体に、絡まるように抱きつく紫色のロングヘアの女性。それだけで両者の関係性は透けて見える。

そこへ、ノックをし、「ディオニス様」と声をかけたのは執事のブレット。

ディオニスは慌てる様子もなく、「入れ」と指示。何も知らないブレットは女性の存在に一瞬ギョッとしたが、「コホン」と咳払《せきばら》いを挟んでから話し始める。

「ディオニス様、ここから先の話は……」

「おっと。どうやら秘密のお話があるようだ――悪いね、ジュリア。今日はここまでだ」

「はーい。じゃあ、今度は朝まで、ね？」

「もちろん」

ディオニスが軽く、触れるようなキスをすると、ジュリアと呼ばれた女性は上機嫌で部屋を出て行った。

「いつものことながら、あなたの女性への立ち振る舞いには感服致します」

「これも政治手腕のうちのひとつだよ、ブレット」

「なるほど……あの方の立場を考慮すれば、それもまた立派な武器と呼べますな」

ブレットの言う「あの方の立場」というのは、先ほどのジュリアという女性の地位に隠されていた。

「あなたがフェルネンド国王陛下の愛娘と親密な関係にある……すでに一部兵士たちの間では公然の秘密として広がりつつあります」

そう。

ジュリアの本名はジュリア・フェルネンド――現フェルネンド国王の一人娘であった。

今、フェルネンド国王は病に伏せている。

なんとか王政を保てるだけの力は維持し続けてきたが、それも限界を迎えつつある。

そのため、すでに周囲の者たちの中には、現フェルネンド王に見切りをつけて新しい王へ尽力しようという動きが活発に見られている。だがそれは、国を想《おも》ってのことではなく、自分たちの保身による行動であった。

ゆえに、一人娘であるジュリアが熱をあげるディオニス・コルナルドへ加担する者がここ数ヶ月の間に激増したのだ。

姫であるジュリアはエステル以上に警戒心が強いだろうと、半ば失敗を覚悟していたディオニスであったが、意外にもそのジュリアはディオニスをいたく気に入り、想定していたよりも早い段階で恋仲にまで発展していた。

「くくく、エステル・グレンテスを取り逃がした時は肝を冷やしたが、おかげでより大きな獲物がかかったな」

「では、エステル・グレンテスの捜索は取り止《とや》めますか?」

「それは続行だ。あと、ヤツの幼馴染も捜せ」

「幼馴染……確か名前はトア・マクレイグといいましたかな」

「そうだ。報告では、その幼馴染を追って聖騎隊を去ったと聞く……ヤツらには俺の顔に泥を塗ったことへの懲罰を与えなくてはいけないからなぁ……」

ディオニスは酷《ひど》く歪《ゆが》んだ笑みを浮かべる。

自分に振り向きもせず、幼馴染であるトア・マクレイグのもとへ走ったエステル。これを侮辱されたと受け取ったディオニスは、すぐさまエステルを脱走兵として手配し、その行方を追っていたのだ。

「だがまあ、エステル・グレンテスに関してはとりあえず後回しだ。それよりも……持ってきた報告は例の件についてだろう？」

「はい。その通りでございます」

「よし……聞こうか」

足を組み替えてから、ディオニスはブレットへ告げた。

「セリウス王国ファグナス領へ向かう聖騎隊の編制が完了いたしましたのでご報告に」

その報告を耳にしたディオニスは、満足そうに頷《うなず》く。

「ふむ。続きを話せ」

「はっ！　まず、ファグナス領の中でも、フェルネンドとの国境付近にあるダルネスという街へ兵を送り込んで制圧。その後、前線部隊の駐屯地とします。このダルネスという街は規模も大きく、経済的な損失もかなりのものとなるでしょう」

「なるほど」

ブレットが語ったのは、セリウス王国へ侵攻するための作戦内容だった。

これこそ、ディオニスの言う「例の件」の中身。

優秀な兵士を多数抱える聖騎隊の戦力を基盤にして、ディオニスはフェルネンドを軍事国家へ変えようとしていた。

戦争ともなればもちろん反対する者も出てくる。

だが、現国王が弱りきった今となっては、ジュリア姫の恋人であるディオニス・コルナルドの言うことに逆らおうとする者は少なかった。

「また、この先行部隊の指揮官は経験豊富なオルドネス隊長に決定しました。彼の部隊には若手有望株の《槍術士《そうじゅつ》》プレストン・グルーバーもいますし、それだけでなく……ある大物にも招集をかけてありますので」

大物の招集という言葉を聞いたディオニスはニヤッと口角を上げる。その大物には心当たりがあったのだ。

「そうか……ついに彼を抱き込めたか」

「ストナー大隊長が直々に足を運びましたからね。その誠意が実ったのでしょう」

「ふっ、さすがはストナー大隊長だ。……しかし、彼がいるとなれば、セリウス騎士団も大きく動揺するだろうな」

「今からヤツらの青ざめた顔を見るのが楽しみですな」

ディオニスとブレットは笑い合う。

どちらも敗北するなど微塵《みじん》も考えていない。

「ダルネスの制圧は他国への牽制《けんせい》も意味します。こちらには八極がついていると知れば、他国もそう易々《やすやす》と加勢には来られないでしょう」

「よし。……では、次の王国議会で聖騎隊の各隊長たちへ知らせるぞ。もちろん――」

「根回しでしたら、すでに終わっています」

「さすがだな、ブレット」

今回の作戦が成功に終われば、ジュリア姫の件も合わせて、もはや周囲は完全にディオニスを権力者として認めるだろう。

フェルネンド聖騎隊によるセリウス王国制圧作戦開始まで――あと三ヶ月。

第一章　要塞村露天風呂

セリウス王国ファグナス領。

そこにある屍《しかばね》の森には、ザンジール帝国が大戦時に建設した巨大な要塞が残っている。無血要塞ディーフォルと呼ばれるそこは、終戦後、長らくハイランクモンスターのうろつく森に存在しているという事情もあって人の手がまったく加えられず、荒れ放題となっていた。

しかし、最近になって大きく事情が変化した。

《要塞職人》のジョブを持つトア・マクレイグの手により、誰も寄り付かなかった要塞はさまざまな種族が暮らす大きな村として生まれ変わったのだ。

◇　◇　◇

要塞村に暮らす者たちは、それぞれが仕事を持っている。

銀狼族や王虎族は地下迷宮の探索、狩り、周辺の警備などを担当しているし、大地の精霊たちは農場の運営、知恵の実を食べて理性を持ったオークやゴブリンといったモンスターたちは近くの川で漁を行っていた。

それらの仕事が終われば、あとは各々自由に過ごす。

自分の好きなことに時間を費やす者がほとんどだが、中には己をさらに磨き上げようと、修行に勤《いそ》しむ者もいた。


ある日の朝。

要塞村近くの森の中で、エステル・グレンテスは震えていた。

肌を刺す冷気のせいではない。

目の前に立つ、師が放つオーラが原因だ。

「さて……今朝はどのような魔法を見せてくれるかのぅ」

八人の英雄とされる八極のひとり――枯れ泉の魔女ことローザ・バンテンシュタインは、トレードマークでもあるとんがり帽子を深くかぶり、魔法を使う。

その小さな体の周囲に七つの矢が浮かび上がった。初歩的な地属性魔法の応用で生み出したこの土の矢による攻撃は、言ってみれば小手調べだ。

「いくぞ！」

ローザが手をかざすと、土の矢がエステル目がけて飛んでいく。かなりのスピードだが、エステルはそれらを回避しつつ、反撃のため詠唱を始める。

直後、ザザザ、と音を立てて木々が鳴きだした。

「ほう、風魔法か」

ローザはエステルの戦法を見抜くと、ゆっくりと右手を前に掲げる。

あれだ。

以前もローザはあの掲げた右手だけで自分の魔法をいとも容易《たやす》く打ち消した。

今度はそうはいかない。

絶対に負かしてみせる。

荒れ狂う暴風の中心に立ち、並々ならぬ意志を大きな瞳に宿したエステルは——己の持てるすべてを懸けた魔法を放つ。

肉眼では捉えられない目に見えぬ風の刃。

威力、スピード、共に申し分なし。

間違いなく、今のエステルが繰り出せる最高の魔法だ。

「凄《すさ》まじいな、このふたつの刃は……じゃが、まだまだ青い」

ローザには見えないはずの刃が見えていた。

差し出した右手をグッと握り込む。すると、「パン」、と何かが破裂したような音がして暴風が止《や》んだ。以前と同じように打ち消した——かに見えた。

「⁉」

突如舞い起こる第二の暴風。

「四つじゃと⁉　それも時間差で仕掛けてきたか⁉」

つまり最初のふたつは囮《おとり》。

本命はこの四つの刃。

「やるようになったな！　エステル！」

ローザは咄嗟《とっさ》に両手を顔の前でクロスさせ、詠唱を始める。すると、ローザの小さな体が透明な半球体に包まれた。エステルの放った四つの風の刃はその半球体とぶつかり、消滅。

「このワシをここまで追い込むとはのぅ……いつ以来か」

結果としてはローザの防御魔法の勝ちなのだが、これまでのような余裕の勝利ではなく、なんとか踏みとどまった辛勝といった感じだった。

「ふあ〜……今日も勝てなかった。イケると思ったんだけど」

ペタリとしゃがみ込み、落ち込むエステル。

「かっかっかっ！　そう簡単に八極の壁を超えられてはたまらん。他の七人に何をやっているのだと怒られてしまうからのぅ」

「はあ……それはそうかもしれませんけど……」

「安心しろ、エステル。お主は着実に強くなっておる」

「……はい！」

憧れでもあった枯れ泉の魔女ことローザから褒められたエステルは、顔をニヤつかせながら頷くのだった。

早朝の魔法稽古後。

エステルの日課である修行の締めくくりは、共同浴場で汗を流すことである。

この日も朝の激しい稽古を終えて、その汗を流すべくやってきたわけだが、珍しく先客がいた。

「あ、エステル」

「わっふぅ！　おはよう、エステルちゃん！」

エルフ族のクラーラと銀狼族のマフレナであった。

「クラーラにマフレナ？　どうしたの、こんな朝早く」

「あなたと一緒よ。私たちも稽古していたの」

「クラーラちゃんは剣術の、そして私は金狼としての力を長時間発揮するための特訓をしていたんです！」

「へぇ～……それはそれでなんだか凄《すご》いことになってそうだね」

大剣豪ＶＳ金狼。

本気でぶつかり合えば、無人島が三つくらい消失しかねない組み合わせだ。もちろん、このふたりに限ってそんな荒いマネはしないのだろうが。

そんな話をしていると、さらに入浴客が。

「なんだか賑《にぎ》やかですね」

「ジャネット？　珍しいわね」

「おはようございます、ジャネット」

「おはよう、ジャネットちゃん！」

新たな朝風呂参加者はジャネットだった。

入浴ということもあってか、今日はいつものメガネをしていない。

「あなたが朝風呂って、初めてじゃない？」

「そうでもないですよ。夜通し作業していた時とかは、朝早くにお風呂へ入ってその後で寝ていることもありますし」

ドワーフ族として村人たちからの依頼をこなしているジャネットは、実は要塞村の中でもトップクラスの仕事量をこなしていた。だが、当人はそれにやりがいを感じているためあまり気にしていない様子だ。

風呂場にはエステルたち以外にも、何人か利用している村民がいた。

武器庫を改装して造った広い風呂場で一日の疲れを洗い流すのが、今や要塞村でブームとなっているのだ。中でも、これまで水浴びで終わらせ、風呂へ入るという習慣自体がなかった銀狼族と王虎族の人々には特に気に入られていた。

「やあ、お疲れ様」

エステルたちがお風呂でまったりとした時を過ごしていると、ひとりの女性が近づいてきた。

ローザと同じく、世界を救った英雄のひとりである黒蛇のシャウナだった。

「うあぁ～……いい湯だなぁ」

おっさんみたいな声を出しながら、シャウナは湯に浸《つ》かる。

「本当にこのお風呂は快適で素晴らしいわよねぇ……」

「まったくだわ……」

「試行錯誤して造った甲斐《かい》がありましたね」

「わふぅ……」

「ふふっ」

四人の様子を眺めていたシャウナが突然小さく笑った。

「どうかしたんですか、シャウナさん」

「いや、なんでもないよ、エステル」

「どうせ『いくつになっても裸の女の子を眺める行為はやめられないな!』とか思っているんじゃないですか?」

「…………そんなことはないさ」

「妙に長い間が!?」

クラーラとジャネットにジト目で睨《にら》まれたシャウナは、話題を逸《そ》らそうとして話し始める。

「よ、要塞村にある風呂も素晴らしいが……私がヒノモト王国を訪れた際に入った露天風呂も忘れがたいな」

「「「「ろてんぶろ?」」」」

初めて聞く風呂の名に、四人は首を傾《かし》げた。

「なんだ、露天風呂を知らないのか？」

「は、はい。初めて聞きました。どういったお風呂なんですか？」

要塞村大浴場を造ったドワーフ族のひとりであるジャネットにとって、聞いたことのない未知の風呂の存在は気になった。さらに、場合によっては、ここで再現できるかもしれないとも思っていたのだ。

「露天風呂とは、端的に言うと屋外にある風呂のことだ」

「お、屋外⁉」

「外にお風呂が⁉」

「わふっ！　で、でも、それだと……誰かに見られませんか？」

「もちろん、周囲から覗《のぞ》けないよう配慮はいるだろうが……屋外の景色を眺めながら入る風呂はまた違った風情があって格別だぞ？　それに、夜ともなれば月も拝めてさらに美しい光景を見ることができる」

シャウナの語る露天風呂の感想に、女子組は興味津々で聞き入った。

「露天風呂……」

中でもジャネットは利用者としての視点で見る他の三人とは違って、制作側の視点であれこれ考えながら話を聞いていた。そして、シャウナが粗方話し終えると、真っ先に口を開く。

「シャウナさん……今いろいろと説明してくださった露天風呂を、この要塞村大浴場で再現することは可能だと思いますか？」

「十分いけるんじゃないか？　ただ、実現するとなると、壁をぶち抜いたり、周囲から見えないよう囲いを造ったりと、大掛かりな工事になるだろうが」

「それについては望むところです」

ドワーフ族であるジャネット。

その技術者としての血が騒いだのだろう。

大きなふたつの瞳は露天風呂を造りたいという純粋な欲求でキラキラと輝いていた。

「わふっ！　私も露天風呂に入ってみたいです！」

「外でお風呂っていうのはちょっと抵抗あるかもだけど……確かに、月を見ながらお風呂に入ったりするのは楽しそうね」

「私も気持ちとしてはみんなと同じよ。もし、造ることが可能というなら入ってみたいわね」

「僕も大変興味があります」

「やっぱりみんな考えることは同じ――ん？」

全員の意見をまとめようとしたクラーラは違和感を覚えた。

なんだかひとり多いような。

「どうかしましたか、クラーラ様」

「いや……なんか変な感じがしたのよねぇ」

「気のせいでは？」

「うーん……そうなのかしら」

「きっとそうですよ」

「そっか。気のせいよね」

「「あははは」」

クラーラと自律型甲冑《かっちゅう》兵であるフォルは笑い合い、それが落ち着くと、クラーラは拳を握った。

「なんであんたがここにいるのよ!!!!」

強烈な右ストレートがフォルの頭部（兜《かぶと》）を捉え、風呂場の壁に深々とめり込む。その後、頭を回収し、ボディ共々男湯の方へ放り出した。

「まったく！　油断するとこれなんだから！」

「とはいえ、フォルは自律型甲冑兵だからなぁ。あまり覗かれているという感覚がないな」

腕を組んで怒りをあらわにするクラーラに対し、シャウナは気にしていない様子。他の女子陣は苦笑いを浮かべている。

少しトラブルはあったものの、結局五人の思いは「要塞村で露天風呂を造る」という方向でひとつとなったのだった。

「それでは、早速明日トア村長に相談してみよう」

「「「「はい！」」」」

こうして、要塞村露天風呂計画が始まったのであった。

◇　◇　◇

翌日。

シャウナの呼びかけで、要塞村にある円卓の間に集められた各種族の代表者たち。そこで、シャウナは昨日、エステルたちとの話で出た要塞村露天風呂計画について彼らに語った。

「屋外の風呂か」

「ふむぅ……想像がつかんな」

要塞村でもっとも風呂を愛用する銀狼族と王虎族の長であるジンとゼルエスからすれば、《風呂＝屋内》という図式が完成していた。なので、水浴びとは違う入浴を外で行うという感覚が想像できなかったのだ。

他の者たちの反応もほぼ同じで、一体どんなものになるのか想像しづらいという反応だった。

そんな代表者たちに対し、シャウナは自身がヒノモト王国で体験した露天風呂の素晴らしさについて熱く語った。

「まずなんといってもあの開放感だな。今の大浴場も広さは十分にあるが、壁も天井もない場所というのはまた違った趣がある」

シャウナの露天風呂講義に、ジンやゼルエス、さらにオークのメルビンや大地の精霊であるリディスも強い興味を抱いたようだった。

さらにシャウナの講義は続く。

「私が入ったヒノモトの風呂はヒノキという木材で造られたものだった。肌に触れる感触が良いだけでなく、あの独特の香りが気に入ってね。浸かっていると疲労が取れるだけじゃなく……なんとも表現しづらいのだが、とにかくとても気持ちの良くなる風呂だった」

この辺りで風呂といえば石造りのものがほとんどであり、木材を使用した風呂など見たことがなかった。

「お主……ヒノモト遠征の時にそんなことをしておったのか？」

「露天風呂へ入ったのは終戦後の話さ。それより、ローザの方こそ入ったことないのかい？」

「ワシは終戦後、ずっとこの森におったからな」

同じ八極であるローザも、露天風呂の存在を知らなかったようだ。

「残念だな。一度入ればクセになるぞ？　雄大な景色を眺めながら湯に浸かり、そしてかたわらには一糸まとわぬ姿の美少女たち……たまらないな！」

「後半に本音が漏れておるぞ」

ローザに指摘され、シャウナはハッと我に返ると、わざとらしく「コホン」と咳払《せきばら》いを挟んだ。

「やれやれ、シャウナ様にも困ったものです。確かに、エステル様やマフレナ様、それにジャネット様の裸体はマスターも魅了するほどの素晴らしいモノをお持ちであるというのは一目瞭然ではありますが、それを見て楽しもうなどと……」

「……私を省いた理由を説明してもらおうかしら？」

バキボキと両手を鳴らしながらフォルの背後を取るクラーラ。

「これはクラーラ様……いえ、別にクラーラ様を省いたのは特に意味があるわけでも――」

「分かり切った嘘《うそ》をつかない‼」

次の瞬間、クラーラの強烈な回し蹴りがフォルの頭部を捉える。「両手を鳴らした意味は⁉」と言い終えるよりも前に、フォルの頭部は地面に深々とめり込んだ。

「それにしてもヒノキ……という名でしたか？　こちらの大陸では耳にしない木ですね」

いつものやりとりをスルーして、ジャネットが冷静に言う。

「それは私も初耳だわ」

「わふぅ……私も聞いたことないです」

エステル、マフレナ、それにクラーラも知らないという。

「だろうね。ヒノモトの固有種らしい……が、ここでも生育は可能だと思う。それも、かなり手早く入手できるのではないかな」

「えっ？　そんなことが……はっ！」

できるのかとトアが尋ねかけた時、この場に集まっている代表者の中に、それを可能にできそうな者がいると気づいた。

「もしかして……リディスさんたちが⁉」

「そうだ。君たち大地の精霊ならば、農場の野菜のように、ヒノキをあっという間に成長させることができるのではないか？」

「さ、さすがに木をあっという間に生育させるのは――」

「分かったのだ～。やってみるのだ～」

「えっ⁉」

親指をグッと立てて、あっさり承諾したリディス。

これで、露天風呂の建造に関わる懸念材料は消え去った。

「……分かりました。造りましょう。要塞村の露天風呂を！」

トアがGOサインを出したことで、村民たちも「おぉ！」と気合の入った雄叫《おたけ》びをあげる。

だが、トアは一抹の不安を抱えていた。

「大地の精霊たちによる木の育成か……」

基本的に、精霊たちは要塞村で消費するための野菜を育てており、その味は村民たちから好評を得ている。

それなのにトアが心配している理由――それは、以前、倒れたマフレナを救うため、リディスたちが密《ひそ》かに育てていた薬草を採取しにいった際に起きた事件が原因だった。

その薬草はモンスターと化しており、花粉を浴びたクラーラがその被害を受けて酔っ払った状態に陥ったのだ。

なので、そのヒノキとやらも、育ててみたら叫んだり暴れたりする可能性は十分にあり得た。

「……念のため、リディスさんたちに釘《くぎ》を刺しておかないと」

またモンスター化してトラブルとならないよう、トアはこっそりと注意を促しておくのだった。

円卓の間での集会が終わってすぐに、ジャネットを中心とするドワーフ組がトアやシャウナたちを交えて完成図の作成を行った。

「シャウナさんの意見を聞いて考えたんですけど、風呂は全面ヒノキで造ろうと思います。その方が木の香りを楽しめそうですし」

「ほう、それは楽しみだ」

露天風呂の提案者であるシャウナは満足げに頷《うなず》く。

「ただ、そうなるとかなりの量のヒノキが必要になりそうです」

「必要な分が算出できて、もし足りないようなら、俺が伝えてくるよ」

「お願いします」

簡単な全体像を作りあげると、そこからは細かな改善点を詰めていった。

ヒノキのほかに使用する木材については、屍《しかばね》の森に生えている木を使用する。それ以外に必要な物や修繕がいる箇所については、トアの能力を使用する。

要塞内で破損している部分を元通りに直すことができるリペア。

要塞内に落ちている物を素材にしてまったく別の物に作り変えるクラフト。

このふたつの能力は露天風呂造りでもいかんなく力を発揮してくれるだろう。

大まかな設計図が完成すると、トアたちは実際に大浴場へと出向き、どの位置に露天風呂とを結ぶ扉を設置するのか、また、露天風呂自体をどのように造っていくのか、設計図を片手にイメージを膨らませていく。

「この位置に浴槽があれば、川の方まで見られそうですな」

「そうだな。川のせせらぎを聞きながらの入浴……風情があっていいじゃないか。――む？」

ゴランと打ち合わせをしていたシャウナは、足元に落ちる一枚の木の葉を手に取る。それは見慣れた緑の葉ではなく、わずかに赤く色づき始めていた。

「ほう……この森の葉も紅葉するのか」

「あ、本当だ」

この要塞村に住み始めてから初めて迎える秋。なので、屍の森の木々がこのように色を変えるということをトアたちは知らなかった。

「これもまた、露天風呂を楽しむのにいいアクセントとなる」

まだ夏の雰囲気を残す緑の木々も、あと少し日が進めば秋の色に染まるだろう。そうなると、露天風呂とは四季の変化も楽しめる風呂ということになる。

「なんだか……完成が待ち遠しいですね」

「まったくだな」

トアとシャウナは木々を見上げながら、露天風呂の完成図を思い描き、作業へのモチベーションをさらに高めていった。

◇　◇　◇

ドワーフたちが本格的に露天風呂の作業に取りかかって二日後。

大地の精霊たちから一報が届いた。

「村長～、ヒノキができたのだ～」

「ほ、本当に早いなぁ……」

朝食のパンを頰張《ほおば》っているトアのもとへやってきたリディスが、いつものまったりした口調でそう告げた。

そのスピードに驚きつつ、早速ヒノキの回収へと向かおうとする。というのも、現状できる作業についてはすでにドワーフたちの手によって終わっており、あとは浴槽を造るメインの材料であるヒノキを待つばかりだったからだ。

すぐに農場へ行こうとイスから立ち上がるトアだったが、以前と同じあの予感が再び脳裏をよぎった。

それは、育てた植物のモンスター化について。

一応、今回は釘を刺しておいたから大丈夫とは思うが、なんだか言い知れぬ嫌な予感が拭いきれなかったのだ。

「おおっ！　ついにヒノキが育ったか！」

「さすがは大地の精霊！　仕事が早い！」

トアの懸念を知らないドワーフたちは大喜びで盛り上がっている。

「ああ……みんな――」

「早速リディスさんたちの農場へ行ってみましょう！」

「わっふぅ！」

「「「うおおおおお！」」」

「あ、ちょっと⁉」

トアが止めるよりも先に、知識欲を爆発させたジャネットやドワーフたちは農場へと全力疾走で向かっていった。さらに、ジンとマフレナ率いる銀狼族や王虎族たちも、その勢いに便乗してあとを追い、走りだしていた。そこへ、

「私たちも行きましょう、エステル」

「ええ、そうね」

「僕もお忘れなく」

「やれやれ、みんな慌てすぎだぞ」

「盛大に紅茶をこぼしておるお主には言われたくないじゃろうな」

クラーラ、エステル、フォルにシャウナやローザも加わり、ヒノキ伐採の作業には想定以上の人数が参加することとなった。

「……何も起きなきゃいいけど」

願望を口にしつつ、トアもジャネットたちを追って農場へと向かうのだった。

農場には多くの村民たちが詰めかけていた。

特にジャネットを含むドワーフたちはこれで作業が進むと興奮気味。一方、クラーラやマフレナ、エステルたちはどんな木なのだろうと興味津々といった感じだった。

「みんな集まったのだ〜？」

「いや、トア村長がまだだ」

リディスの問いかけに答えるジン。

それから少し遅れてトアが到着。

「はあ、はあ……リディスさん、お待たせしました」

「問題ないのだ〜」

相変わらず、のんびりした口調でトアに声をかけるリディス。

トアの呼吸が整ったことを確認してから、リディスは再びのんびりとした口調でその場にいた全員へヒノキの情報について語り始める。

「まずはあれを見てほしいのだ〜」

リディスが指差した先にあったのは、五本の木。

どれも背が高く、緑の葉が生い茂り、とても数日で成長したとは思えない、風格さえ感じるたたずまいだった。

「これはまた立派だな」

その雄々しいまでの姿に、シャウナも満足そうだった。

「じゃあ、早速こいつを伐採して木材にしちゃいましょう」

クラーラが大剣を構えて切り倒そうとした時、リディスが「ちょっと待つのだ～」と待ったをかけた。

「それには～、条件があるのだ～」

リディスがそう言いだすと、トアは内心「きた！」と思った。

金狼化の代償として体調を崩し、寝込んでしまったマフレナを救うため、リディスたちの育てたマッケラン草を採取しようとした時の苦い思い出がよみがえる。あの悲劇を繰り返さないためにも、鞘《さや》からすぐさま剣を取りだせるよう身構える。

――その予感は現実のものとなった。

「木材として利用するなら～、まずヒノキを倒すことなのだ～」

「「「「えっ？」」」」

集まった村民たちの動きが止まると同時に、農場に植えられたヒノキはゆっくりと動き始めた。木の枝を鞭《むち》のようにしならせ、幹には禍々《まがまが》しい目と大きく裂けた口が出現。その様相はまさに樹木型モンスターといっても過言ではない。

「って、リディスさん！　あれだけモンスターにしないでって言ったのに！」

「すまないのだ～。でも～、大地の精霊として～、生育には一切の妥協ができないのだ～」

「……気持ちは分からないでもないですね」

同じく、こだわりを持ったら妥協できないジャネットや多くのドワーフたちには、たとえモンスターになってしまうと分かっていても一級品にしようとする大地の精霊たちの気持ちがよく分かった。

「むぅ……こうなったら仕方がない。みんなであのヒノキを倒すぞ」

「ええっ⁉」

動揺するエステル。

だが、以前にも似たような事態を経験しているクラーラはすぐさま飛びかかった。

「要はぶった斬ればいいんでしょ？　それならお安い御用よ！」

若干フラグっぽいことを言いながら、クラーラはジャンプ。二十メートルはあろうかという巨大なヒノキを伐採するため、大剣を横へ振るクラーラ。しかし、ヒノキはその巨体からは想像もできないほど身軽な動きでこれを難なく回避する。

「嘘《うそ》っ⁉」

相手が弱そうな外見をしていると油断していたクラーラは、渾身《こんしん》の一撃をかわされて大きくバランスを崩してしまう。それをチャンスと見たヒノキはしなる枝を伸ばしてクラーラを拘束しようとする。

「光の矢よ。主である我の願いを聞き入れ魔を滅せよ！」

クラーラの窮地を救ったのはエステルだった。

得意の魔法でクラーラに迫っていた枝をすべて切り裂く。

「あ、ありがとう、エステル。助かったわ」

「どういたしまして」

難を逃れたクラーラと入れ替わる形で、今度はトアとマフレナが凄《すさ》まじい瞬発力をもってヒノキとの距離を一気に詰める。

「いくぞ、マフレナ！」

「わふっ！」

息の合ったコンビネーションでヒノキの攻撃を回避。マフレナが得意の打撃でヒノキを怯《ひる》ませると、トドメはトアの斬撃で両断。ズシン、という重々しい音を立てながらヒノキは倒れ、動かなくなった。

「よしっ！　まずは一匹！　次だ！」

「マスター、この場合、相手はヒノキという植物なので一匹ではなく一本というのが正しい数え方ではないでしょうか」

「細かいなぁ！」

フォルのボケにツッコミを入れつつ、トアは周囲の状況を確認する。

残り四本となったヒノキは、それぞれ銀狼族、王虎族、モンスター組が戦っているのだが、どうも数が合わない。

「あれ？　もう一本は？」

雲隠れした残り一本を捜して辺りを見回すトア。すると、戦況を見守っていたジャネットと彼女のそばに行っていたマフレナの背後に迫る影を見つける。

「ジャネット！　マフレナ！　すぐにその場を離れるんだ！」

ふたりに向かって力いっぱい叫ぶトア。

「トアさん⁉」

「トア様⁉」

その声は届き、ジャネットとマフレナは間一髪のところでヒノキからの攻撃を回避。それを確認したトアは神樹の魔力を剣に込める。この一撃でヒノキを倒すつもりだ。

だが、ここでヒノキは初めてトアの想像を超えた動きをみせる。

シュルシュルと伸びてくるヒノキの枝はジャネットやマフレナではなく、明らかにトアを標的にしていた。

「へ？」

ジャネットとマフレナを狙っていたはずが、こちらへ標的を変えたことでトアは完全に虚を突かれる形となり、反応が遅れた。しかも、木の枝がねっとりと全身に巻きついた瞬間、手にしていた剣を手放してしまう。

「し、しまった！」

身動きが取れなくなってしまったトア。

この緊急事態に、エステルやクラーラもトア救出のために集まって来た。

その時、トアは全身を這《は》うように流れる液体の存在に気づく。どうやら樹液のようだが、それはとんでもない被害をもたらす悪魔の液体だった。

「⁉　ふ、服が⁉」

やはりというかなんというか、トアの衣服がヒノキの樹液によって溶けだしたのだった。

「くっ！」

必死に抵抗を試みるトアだが、暴れれば暴れるほどに衣服が溶けていく。肌があらわとなっていき、見られたくない部分を隠すので精一杯だ。

一方、その様子をもじもじしながらもしっかりと見つめているエステル、クラーラ、マフレナとジャネットの四人。トアを救うために集まった女子組は、どんどん露出が多くなっていくトアを前に動けなくなっていたのだった。

恥ずかしさと戦いながら、なんとか抜け出そうと暴れ続けていたトア。やがて、村長がいろんな意味で大変な状況となっていることに気付いた他の村民たちが集まってくる。

「みんなぁ！　村長殿を助けるのだぁ！　そしてヒノキを手に入れるぞぉ！」

「「「「うおおおおおお‼」」」」

トアの羞恥心と貞操の大ピンチに村民たちは奮起。

ジンを先頭に、容赦のない一斉攻撃でヒノキを撃破し、見事風呂場の材料をゲットできたのである。

「よ、よかった……」

救出され、疲れ切ったトア。フォルが急いで着替えを用意してくれたため、なんとかすぐに立ち直ることができた。――と、思っていたが、事はそう簡単に運ばなかった。

「あの……トア？　私たちは何も見ていないから！」

「わ、私も何も見てないですよ？」

「わ、わふっ！　同じく何も見ていませんよ！」

「わ、私も何も見えなかったわ。だから、気にしなくていいわよ、トア」

「ありがとう……みんな」

クラーラ、ジャネット、マフレナ、エステルの四人は、顔を真っ赤にしながら目線を逸《そ》らしつつもトアの名誉を守るために「何も見ていない」と口を揃《そろ》えた。

トアの心に、そんな四人の優しさが染み入ると同時に、なんだか申し訳ない気持ちになるのだった。


いろいろとアクシデントはあったが、露天風呂建造に必要な材料はすべて整った。

倒したヒノキを必要なサイズへと切り分け、事前に造りあげていた風呂場へと設置していく。

「凄《すご》い！　床も一面ヒノキなんだね！」

「気合を入れて設計しましたよ！」

フンス、と鼻を鳴らして得意顔のジャネット。

「綺麗《きれい》な白に光沢だなぁ……それに、とてもいい匂いだ。なんだか心が安らぐよ」

初めて肌で感じるヒノキに、トアはそんな感想を漏らす。その横では露天風呂の発案者であるシャウナも笑顔でドワーフたちの作業を見守っていた。

「さすがはガドゲルのお弟子さんたちだ。本当にみんないい腕をしている」

ジャネットの父であり、同じ八極として共に帝国と戦った鉄腕のガドゲル。彼の腕をよく知るシャウナが言うからこそ、説得力のある言葉だった。

シャウナからの言葉を受けたドワーフたちのテンションは限界を突破し、それから夜遅くまで露天風呂建造の作業を続けていくのだった。

◇◇◇

ヒノキ入手から五日後。

とうとう要塞村露天風呂が完成した。

今日はそのお披露目《ひろめ》会ということで、大勢の村民が風呂場へと集まっていた。

「外にお風呂があるって新鮮ですね！」

「周りを柵で囲っているとはいえ、屋外で裸になるっていうのは、やっぱりちょっと抵抗がありそうね。そう思うと、ヒノモト人って結構大胆な種族なのかも」

「わふっ？　でも、とっても気持ちよさそうですよ！」

「……トアに裸を見られちゃうかもしれないわよ？」

「っ⁉」

クラーラからの耳打ちを受けたマフレナの髪や尻尾の毛が逆立つ。そのわがままボディでトアを翻弄するマフレナだが、普段は意識などせず、ただ本能に従ってトアにスキンシップをしているので、「そうなること」を意識して行動する際には大変奥手になる。

最近その事実に気づいたクラーラは、たまにこうしてマフレナをいじっていた。

「クラーラの言う通り、誰かに裸を見られそうっていう不安はあるわね」

「そ、そうだね」

エステルの口から裸という単語が飛び出したことで一瞬エステルの裸を想像してしまい、思わず顔をそらすトア。

小さい頃、孤児院にいた頃はほぼ毎日一緒に風呂へ入っていた。

あの時は特に何も思わなかったのだが、成長した今そのようなことを言われると意識してしまう。

特に成長著しい胸部辺りを。

「？　トア？　どうかしたの？」

「あ、い、いや、なんでもないよ」

「……ふ～ん、もしかして変なことを考えていなかった？」

「！　ま、まさか！」

取り繕うトアだが、嘘がバレバレだった。

自分の下心を見透かされたと慌てふためくトアはまったく気づいていないが、エステルはむしろ上機嫌になっていた。

ふたりの会話の内容を聞き逃したクラーラとマフレナだが、とりあえずふたりの間に流れている空気がふわふわしているのを察して、いい感じなのだというのは伝わった。

「トア！　早速お湯を入れるわよ！」

「わふっ！　早く入りましょう！」

「う、うん。……なんかふたりとも気合入ってない？」

「ふふっ」

いきなりテンションが高くなったクラーラとマフレナにトアは驚くが、何となくその理由に見当がついているエステルは小さく笑うのだった。


要塞村の新スポット露天風呂はすぐさま開放された。

露天風呂経験者であるシャウナから「夜に入るのがオツなんだ」というアドバイスを受けていたので、最初の入浴は日が暮れてから行われることに。

そして迎えた夜。

開放された男湯にトアとフォルの姿があった。

「おぉ……」

「なるほど。シャウナ様が夜に入ることを勧めてくれた理由が分かりましたね」

並んで湯船に浸《つ》かるトアとフォル。

その頭上には天井がなく、満天の星が広がっている。

「裸になって外で風呂なんて……最初聞いたときはびっくりしたけど、こうして実際に入ってみるといいね」

「まったくですね。女湯のみなさんもこの景色を満喫しているのでしょうか」

いつも狩りや漁で歩き回り、見慣れているはずの場所が、まるで違って見えた。

月明かりと地下迷宮探索の際に造った照明用ランプ、さらに神樹から放たれる金色の魔力に照らされた周囲の風景はとても幻想的で、まったく違う空間に入り込んでしまったのではないかと錯覚するほどだ。

「これは新しい発見だね」

「まったくです」

「そういえばフォル……お風呂ができた時、堂々と女湯の方に入っていったよね」

「つい先日も侵入を試みました。その結果、僕の頭は見事男湯にいるマスターのところまで吹っ飛ばされました」

「……いい加減、あきらめた方がいいんじゃない？　まあ、今回はちゃんと間違わず男湯に入れて何よりだけど」

「間違えたというか、僕は性別を超越した存在なので、どちらに入ってもまったく問題はないのですが」

豪語するフォルだが、一人称が「僕」でその声も明らかに男性のもの。いくら性別のない自律型甲冑《かっちゅう》兵とはいえ、さすがにこれで女湯へ行くというのは無理がある。

「しかし、マスター」

「うん？」

「女性陣の成長ぶりをご報告するという重大任務を与えてくだされば、村長の指示という大義名分のもとに女湯へ行けますが？」

「…………いやいや！　ダメに決まってるだろ！」

「少し間がありましたね」

フォルがそう指摘をすると、そこへ筋骨隆々としたムキムキの男たちがやってくる。

「ここが露天風呂か！」

「いやぁ、実に開放感があって素晴らしい！」

「本当ですねぇ！」

銀狼族のジン。

王虎族のゼルエス。

オークのメルビン。

それぞれの種族のまとめ役たちが、一糸纏《まと》わぬ姿で仁王立ちをしている。さらにその後ろから続々と肉体自慢の獣人族たちが入ってきた。

「………………」

「マスター……今からでも女湯へ行かれては？　マスターだけならばきっと入れてくれると思いますよ？」

「行くわけないだろ！」

一瞬、心が揺らぎかけたとは口が裂けても言えないトアだった。


同じ頃、女湯では誰よりも早く風呂に入ろうとクラーラとマフレナが真っ先に服を脱いで脱衣所を出ていた。

「ふっふっふっ！　一番風呂は私たちがもらったわ！」

「わふふ！」

はしゃぐふたりの前に広がっていたのは、男湯側とはまた違った夜の景色。それに魅了されたふたりは、湯船に入るのも忘れて立ち尽くす。

「「わあ……」」

感嘆の声を漏らしながらしばらく景色を堪能していたふたりだったが、一番風呂に入るという目的を思い出して湯船へと視線を移した。

そこで、クラーラは何かの気配を感じる。

「うん？　誰かいる？」

湯煙の向こうに人影を発見したのだ。

湯気のせいでぼんやりとした輪郭しか見えないが、確かに誰かがすでに入浴している。

「わふっ⁉　私たちよりも先にお風呂へ入っていた人がいたんですか⁉」

「い、一体誰が……」

困惑するクラーラとマフレナ。

しばらくして、ゆっくりと湯煙が晴れていき、先客の正体が明らかとなった。

「「⁉」」

クラーラとマフレナは驚きに目を丸くする。

なぜなら、そこにいたのは見知らぬ人間の成人女性だったからだ。

一瞬、侵入者かと身構えたふたりだったが、長いピンク色の髪をしたその女性の美しさに思わず見惚《みと》れてしまい、その場で固まってしまう。おまけに、大きな胸とくびれたウエストはマフレナのボディさえ凌駕《りょうが》するほどの迫力があって、それもまたふたりを釘付《くぎづ》けにする要因となっていた。

あまりにも唐突に現れた美人に、どう対処していいのか分からず、クラーラとマフレナはたまらず脱衣所へと猛ダッシュで引き返す。

その脱衣所では、エステル、ジャネット、それにシャウナ、さらに銀狼族や王虎族といった要塞村に暮らす女性陣が着替えの真っ最中であった。

「どうしたの？　そんなに慌てて」

様子のおかしいふたりを心配して、エステルが声をかける。

クラーラとマフレナは口をパクパクさせながら露天風呂を指差し、ひと呼吸ついてから先ほど目撃した人物について語った。

「とんでもない美人がいたのよ！」

「とんでもない美人でした！」

「あと胸が大きい！」

「なのに腰はキュッと引き締まっています！」

「？　えっ？」

「ちょっと何言っているか分かりませんね」

ふたりの拙《つたな》すぎる説明にエステルは首を傾《かし》げ、後ろにいたジャネットはメガネをクイッと指で押し上げてため息を漏らす。

そんな中、唯一ふたりの言葉の真意を汲《く》み取《と》った人物がいた。

「なるほど……そういうことか」

シャウナだった。

「君たちが目撃したという美人だが……実際に露天風呂に行けば正体が分かるだろう」

あえて核心には触れず、実際に見てこいというシャウナ。その言葉を受けたクラーラとマフレナが再び露天風呂を訪れると、そこにいたのはよく見知った魔法使いだった。

「なんじゃ、お主ら。風呂に入らず出て行ったりして」

「⁉　えっ⁉　ローザさん⁉」

「わふっ⁉　なんで⁉」

湯船に浸かっていたのはローザだった。十歳前後くらいにしか見えない幼い少女の姿をしているローザは、さっきまでのグラマラスな美女とは似ても似つかなかった。いや、一ヵ所だけ同じ部分があった。

「髪の毛が同じピンク色……それによく考えてみたらあの顔は……じゃあもしかして……さっきの人って――」

そう呟《つぶや》いたクラーラとマフレナの肩に、後から入ってきたシャウナがそっと手を置く。

「まあ……そういうことさ」

その言葉をきっかけに、ふたりは思わず叫んだ。

「さ、さっきの美人って、ローザさんだったの⁉」

「わっふぅ⁉」

「その通り」

「……そこまで驚かんでもいいじゃろう」

クラーラとマフレナのリアクションに対し、複雑な心境のローザ。

「だ、だって、いつもと全然違っていたし……」

「そうか。君たちはこっちのミニローザしか知らないのだな。きっと、絶景を眺めながら湯に浸かったことで本来の姿が出てしまったのかな」

「わふっ？　本来の姿？」

「いやいや、仮にそうだとしても変じゃない？　ローザさんって、確か三百歳超えているんでしょう？　人間の三百歳って言ったら相当……」

さすがにその先は言えず、口をつぐんだクラーラ。だが、エステルもマフレナもジャネットも考えていることは一緒だった。

「まあ、それは彼女の秘密でもあるからね。また今度本人に真相を聞くといい。ああ、ちなみにクラーラたちが目撃したセクシーローザは、恐らく二十代前半くらいの姿じゃないかな」

「「セクシーローザ……」」

同じく、十歳前後の幼い少女の姿をしたローザしか知らないエステルとジャネットも、関心を抱いたようだった。

「その名を定着させるでない！」

しかし、当のローザ本人としては迷惑な話だと怒り出す。

その後も、エステルたちから大人バージョンの姿を見せてほしいとお願いされるが、いじられるのを嫌ったローザは断固として却下し続けるのであった。


露天風呂は男女ともに好評だった。

これまで、「一日の疲れを癒《いや》す」という目的で入っていた風呂だったが、そこに新しく「景色を眺める」という新しい要素が加わったことで、村民たちは新鮮な感覚で入浴を楽しんだ。

そして、入浴後にはまた別の楽しみが待っている。

「やっぱり風呂上がりと言ったらこれだよねぇ」

「今やすっかり定番となりましたね」

トアとフォルが風呂から出ると、冷えたフルーツ牛乳を配る銀狼族の若者たちが目に入った。トアは早速瓶をひとつ受け取り、口をつける。

「ぷっはぁ！　最高だぁ！」

冷えたフルーツ牛乳が火照った体に染み渡る。この感覚が忘れられなくて、トアは勢いのままあっという間に飲み干してしまった。

すると、女湯の方からエステルたち女子四人組も出てきた。

「あっ！　トアったらもう飲んでいるの⁉」

「わふっ！　私も飲みます！」

冷えたフルーツ牛乳を味わっていたトアを見て、クラーラとマフレナも瓶をもらいに走る。その後ろではエステルとジャネットがクスクスと笑っていた。

「相変わらずね、あのふたりは」

「勢いのあるところは見習いたいですけどね」

なんだか、元気いっぱいにはしゃぐ妹ふたりを見守る姉ふたりのような構図になっていた。

「まあ、でも、こいつをすぐに飲みたいって気持ちは分からなくもないけど……」

そう言って、トアは空になった瓶を見つめた。

「どうかしましたか、マスター」

フォルが尋ねると、トアは「ああ、いや」と前置きをしてから話し始める。

「この牛乳はファグナス様のところからもらった物なんだよね」

「今回に関してはフルーツもそうですね。秋の味覚を堪能しようと、リディス様たちが野菜を中心に育てている影響で、果物を植えるスペースがなくなってしまいましたから」

村民たちから好評のフルーツ牛乳であるが、現状、要塞村で牛乳を手に入れることはできない。そのため、村長であるトアは要塞村に牧場を造ろうと計画を立てていた。

しかし、今のところは村民たちが各自で仕事を持っているため、牧場運営できるほどの人員がいない。ただ、これから先、また村民が増えれば牧場を造ることも可能だろう。

「……要塞村はまだまだ発展できそうだな」

新たな村の構想を練りつつ、トアは露天風呂とフルーツ牛乳を楽しみ、笑顔に包まれた村民たちを見つめていた。

第二章　秋の味覚とフォルの過去

屍《しかばね》の森にある木々の葉が赤く染まり始め、気まぐれに吹く風にはわずかに冷気が含まれ、日が暮れる頃には少し肌寒くなってきていた。

ストリア大陸に秋がやってきたのだ。

「もう暑さはほとんど感じなくなったな」

「本当ですね」

赤く色づく木々の下、トアとオークのメルビンはたくさんの魚が入った籠が積まれた荷車を引きながら森の中を歩いていた。

荷車の周囲にはメルビンと同じく、知恵の実を食べ、今や要塞村の漁師として定着した知性のあるゴブリンやリザードマンといったモンスターたちが、歩きながら今日一日の働きを振り返っている。

間もなく村へ着こうかというところで、狩りに出ていたマフレナたち銀狼族と鉢合わせる。

「わふっ！　トア様！」

「やあ、マフレナ。今日も大物を仕留めたみたいだね」

「はい！」

マフレナと四人の銀狼族の若者は屍の森に生息する巨大な金牛を捕獲し、意気揚々と帰路に就いているところだった。

いつもと変わらない光景に思えたが、トアはマフレナが両手に抱えているある物に視線を奪われた。

「マ、マフレナ……それは？」

「これですか？　獲物を探している途中で見つけたので、もしかしたら食べられるんじゃないかなって思って採ってきました！」

元気いっぱいに両手の戦利品について話すマフレナ。

その正体は、大量の果物とキノコだった。

「これはまた立派なキノコですね」

興味深げにキノコを手に取ったメルビンは、さまざまな角度から観察を始める。

「要塞村に来る前は、このキノコをよく食べていましたよ」

「えっ？　これ食べられるキノコなのか？」

「あくまでもモンスター基準ということなので……トア村長やエステルさんのように、人間が食べるとよくない物かもしれません」

言われてみればそうだ。

いつも一緒に食事をしているから忘れがちだが、そもそも人間とモンスターでは体の構造に大きな違いがある。毒に対する耐性も、まったく異なるだろう。

一方、果物に関してはどれも見たことがある物ばかりだった。

「ナシ、ブドウ、リンゴ……凄《すご》いな」

「まだ他にもいっぱいありましたよ」

「そうなの⁉」

これは朗報だった。

果物に関しては、リディスたち大地の精霊が栽培できる。ただ、今は秋の味覚として野菜を中心に育てているため、農場には果物の類がなかったのだ。

農場を増設するという案も浮かんだが、それよりも紅葉が美しい屍の森を歩きながら、自生する果物をゲットしていった方が楽しそうだとトアは考えた。

「マフレナ、その果物がたくさんあった場所はここから遠い？」

「わふ？　そんなに離れていませんよ」

「そうか。……よし」

トアは決めた。

大地の精霊たちにはこのまま野菜作りに専念してもらい、自分たちで森に自生する果物を収穫しに行こう、と。

マフレナが持ち帰った果物とキノコはローザやフォルに鑑定してもらうこととなった。

その結果、すべてが食用でおいしく食べられる物であることが判明。

これを受けて、トアはすぐさま円卓の間に各種族の代表者を集め、屍の森で果物を収穫するチームのメンバーを選出することになった。

話し合いの末、村長のトアに、エステル、クラーラ、マフレナ、ジャネットの五人にフォル、シャウナ、メルビンの三人を加えた計八人で挑むことになった。

「森を散策しながら果物の収穫って、なんだか楽しそうね」

「わふっ！　楽しみです！」

エステルとマフレナはピクニック気分で楽しみにしているようだが、ジャネットは場所が屍の森ということもあって警戒している様子だった。

「どんなハイランクモンスターが出てくるか……」

「心配いらないわよ、ジャネット。私たちがついているんだから」

《大剣豪》のジョブを持つクラーラは、愛用の大剣を手にしてニッコリと笑顔を浮かべる。クラーラだけでなく、《大魔導士》のエステルや身体能力がずば抜けている銀狼族のマフレナ。さらに八極のシャウナまでいるとなると、一国の軍事力さえ凌駕《りょうが》するほどの戦力となる。

「クラーラの言う通り、モンスターに怯《おび》える必要はない。そうだろう、メルビン」

「はい。要塞村の仲間を傷つける者がいれば、同種であっても戦いますよ。だから安心してください、ジャネットさん」

オークのメルビンは頼もしく胸をドンと叩《たた》く。

「マフレナたちの話では、これまでに食していない果物もあったらしい」

「それは楽しみだ」

「そのまま食べてもいいし、フォルに頼んで何かデザートを作ってもらうか……フルーツ牛乳の材料にしても面白そうですな」

ジンにゼルエスにゴランと、各種族の代表者も新しい果物が手に入ることを楽しみにしているようだ。

「じゃあ、今選ばれたメンバーは明日の朝から森へ入って果物採集に出かけよう。寝坊して遅刻をしないように」

最後にトアがそう締めくくり、今回の代表者会議は幕を閉じたのだった。

◇　◇　◇

翌朝。

大量の果物を持ち帰ったマフレナを案内役にして、トアをはじめとする選抜メンバーは、ドワーフたちが作ってくれた特製の籠を背負いながら屍の森を進んでいく。

そこは、普段あまり狩りで立ち入らない場所だった。

昨日は標的にした獲物の金牛が逃げ込んだため、偶然発見することができたのだ。

「それにしても、本当に綺麗ね」

「露天風呂から見る眺めもいいけど、実際にこうして外を歩いてみると変化をより近くに感じられるわね」

「吹く風も少し冷たくて気持ちがいいです」

マフレナの後を追いながら、エステル、クラーラ、ジャネットの三人は秋めいた屍の森を満喫していた。

さらにその後ろから、トア、フォル、シャウナ、メルビンの四人がついていく。

「本当に素晴らしい景色ですね」

「まったくです」

秋の屍の森は、メルビンやフォルにも大きな影響を与えていた。

「僕は自律型甲冑《かっちゅう》兵ですが……この森の景色には筆舌に尽くし難い感情を覚えます」

特にフォルは戸惑っているようにさえ見えた。

「それはきっと感動しているってことじゃないかな」

「感動……そうですか。これが感動するということなのですね。これまでにも何度か似たような気持ちになったことがありましたが……なるほど。そうでしたか」

新しい感情を理解したフォルは、どこか嬉《うれ》しそうな反応を見せていた。

そんな中、ただひとり、視線が異なる人物がひとり。

「いやはや……はしゃぐ可愛《かわい》い女の子が四人も……」

シャウナは森の様子というより、それを見てはしゃいでいるエステルたちを眺めて満足しているようだった。

それぞれが思い思いに散策を続けているうちに、目的地へと到着。そこは要塞村から歩いておよそ三十分の場所だった。

「わふっ！　あそこです！　あそこにたくさん果物がなっていますよ！」

もふもふした銀色の毛で覆われる自慢の尻尾を勢いよく振りながら、マフレナは興奮気味に叫んだ。

「「「「「「おおっ！」」」」」」

マフレナの示した場所にたどり着いた一行は声を揃《そろ》えて驚く。

たとえるならそこは、見たことがないフルーツの楽園。彩り鮮やかな果物があちこちに大きな実をつけていて、ほのかに甘い香りが漂っていた。

「まさに天然の果樹園といったところか……ここまでの規模は私も初めて見るよ」

いつも軽々しい態度のシャウナが、引きつった笑みを浮かべている。それだけで、ここがどれだけ凄い場所なのかが分かる。

「……要塞村からそれほど離れていない位置に、まさかこれほどの場所があるとは」

村長であるトアも、狩りや漁で何度か要塞村周辺の森を探索したが、まさかこれほど近い場所にこんなところがあったとは、と驚きを隠せない様子。

しかし、よくよく思い出してみれば、狩りをするときは逃げる獲物を追ったり、襲ってきたのを返り討ちにしたりと、周りの風景の変化に気を配る余裕はなかった。ゆえに、これまで見逃してきたのだろう。

「ねぇ、トア！　早く収穫しましょうよ！」

トアの体をゆすりながら、クラーラは瞳を輝かせて言う。

もう待ちきれないといった感じだが、それは決してクラーラに限ったことではない。

エステルやジャネット、案内役のマフレナにメルビンまで、その視線は果物に釘付《くぎづ》けとなっていた。

「分かったよ、クラーラ。早速みんなで収穫していこう」

村長からGOサインが出ると、それぞれ狙った果物をゲットするため散っていった。

「どれどれ、ひとつ味見を……」

クラーラは手近にあったナシを手に取る。ズシッとした重みを感じながら、表面を布で丁寧に磨いていき、愛用の大剣で食べやすいサイズにカットしてから口へ運んだ。

「っ！　おいしい！」

心の底から飛び出した叫び声だった。

「甘くて瑞々《みずみず》しい……こんなの今までに食べたことないわ！」

「ふむ……」

収穫したナシを絶賛するクラーラ。その背後から、フォルがサーチ機能を発動させてナシを調べ始めた。

「一般に出回っている物よりも糖度が高いですね」

「とうど？」

「凄くおいしいということさ」

言葉の意味がよく分かっていないマフレナに、シャウナが凄く噛《か》み砕《くだ》いた表現で伝える。そのおかげで、マフレナはフォルの言った意味が理解できたようだ。

「これは他の果物も期待できそうだぞ」

「村長……狙いは果物だけではありませんよ。これを見てください」

そう言って、メルビンは手にしたある物をトアへ差し出す。

「これは……山菜か！」

「はい。以前、要塞村図書館にある本の中に、この山菜の調理方法が載っていたんです。これは炒《いた》めたりスープに入れるとおいしいそうですよ」

「あっ、その本なら私も読みました。このキノコも食用のはずです」

メルビンとジャネットは本から得た知識で、食べられる山菜やキノコを見分けられるようだ。

「山菜にキノコか……これは大地の精霊たちの農場でも育てていないし、みんなにとっては初めての食材になるな」

「山菜の調理については僕にお任せください」

「頼りにしているよ、フォル。それじゃあ、ジャネットとメルビンにはそっちの収穫をお願いしようかな」

「「分かりました！」」

メルビンとジャネットは本から得た知識をもとに、狙いを果物から山菜とキノコに変更。念のため、フォルのサーチ機能も併用して安全性を確認してからの収穫となった。


その後、収穫は順調に進んでいった。

果物を採っては味見をしたり、時々襲ってくるモンスターを食後の運動代わりに撃退したりしながら、持ってきた籠一杯に果物を詰め込んでいく。

「ふぅ、結構な量になりましたね」

「それでもまだまだ森にはかなりの数が残っているな」

トアとシャウナはここまでの収穫量を振り返る。

今日の夕食で、村民たちに振る舞う分くらいは確保できたが、まだまだ森には広範囲に渡って果物や山菜が確認できる。

今日は用意してきた籠がほぼ埋まったため、日を改めて収穫に来ようということで意見がまとまった。

というわけで、要塞村へ戻ろうとした一同だったが、帰り支度の途中でジャネットが森の奥に何か違和感を覚えたようだ。

「あら？　あれは……なんでしょうか」

茂みの向こうに何かが見えた気がして、ジャネットは少しずつ近づいていく。

もうちょっとで見えそうだと、足を踏み込んだ瞬間だった。

「っ！　きゃあっ⁉」

前方に注意をとられていたジャネットは、急な傾斜となっていることに気づかずそのまま滑り落ちてしまう。

幸い、帰り支度をしていた場所とそれほど離れていなかったため、悲鳴を聞いたトアたちがすぐに駆けつけ、傾斜を注意深く下っていきながら、ジャネットに声をかける。

「大丈夫か、ジャネット」

「大丈夫ですよー」

すぐに返事がきた。声の調子から、大きなケガなどをしている様子はなさそうで、トアはホッと胸を撫《な》で下《お》ろす。

近づいていくと、ジャネットは何かを発見したようで一点を見つめていた。

「どうかしたのか？」

「あ、トアさん。あれ……」

ジャネットが指差す先にあったのは小さな建物だった。

壁の造りは要塞村として暮らしている無血要塞ディーフォルに似ているが、高さ自体はあまりなく、一階建てのようだ。また、壁の一部に帝国の紋章が刻まれていることから、大戦時にザンジール帝国が建てた物だと推測できる。

ただ、それがある場所は急斜面を下りた先にある大木の脇という、明らかに外から発見されることを避けて造られていた。

「こ、こんなところに……どうしてこんな建物が……」

「一体、何をするための建物なのでしょうか……」

「うん。調べてみる必要があるな」

「「わあっ⁉」」

ふたりの背後に突如現れたシャウナ。

その後ろから、ジャネットを心配して追いかけてきた他のメンバーも集まってくる。

「うわっ⁉　何この建物⁉」

「わふっ！　森の中にこんな建物があったなんて気づきませんでした！」

クラーラとマフレナは驚きというより好奇心が優先されているような反応だった。その横ではエステルとメルビンが唸《うな》りながら建物の外観をジッと見つめている。

それぞれがさまざまな反応を見せる中、トアはフォルへと声をかける。

「フォル、ちょっとこっちへ来てくれ」

現れた謎の建物の正体を知るため、無血要塞ディーフォルが現役だった頃を知るフォルに尋ねようとしたのだ。

「この建物について何か知っていることはあるか？」

「…………」

だが、フォルは終始無言。

とはいえ、何も分からないというわけではなさそうだった。

「フォルよ。すでに終戦から百年以上も経《た》っているんだ。今さら守る秘密なんてないだろう？」

ザンジール帝国の自律型甲冑兵として話すわけにいかない、と考えているとシャウナは思ったようだが、実際は違った。

「……ここは、言ってみれば独房のようなところです」

「独房？」

「詳しいことは、僕にも分かりません。ただ、帝国の意向に反する言動をしたり、上官の命令に逆らったりした者をここへ運び、反省を促すと聞きました」

「つまり、懲罰用の独房ってわけか……」

最初は未知の建造物に興味を抱いたトアだったが、フォルの口ぶりからするに、あまりいい場所というわけではなさそうだ。

「ふーん……ザンジール帝国の独房ねぇ」

ただ、一緒に来ていたシャウナは逆により強く興味をそそられたようだ。

「入ってみるとするか」

「えっ⁉」

「そんなに驚かなくてもいいじゃないか、トア村長」

「し、しかし……」

なんというか、ハイランクモンスターが襲ってくるよりもおっかない物が潜んでいそうで不気味に感じるこの建物。できれば、詳しい調査は避けたいところであったが、もしかしたら村民の今後に関わってくるかもしれないと思い直す。

「分かりました。中の様子を見てみましょう」

「そう来なくては」

待っていました、と言わんばかりに、シャウナは建物へと近づくと鉄製の扉に手をかけた。放置されて百年以上経っているせいもあってか、まるで獣の咆哮《ほうこう》のような音を立てながらゆっくりと開いていく。

室内は思ったよりも狭かった。

おまけに、鉄製の檻《おり》にテーブルやイスがいくつかあるだけで他に目立ったところはなく、とても殺風景な印象を受ける。

「……特にこれといって不思議なところはないわね」

「そうですね」

シャウナに続き、クラーラとジャネットも中に入って辺りを見回すが、やはり目ぼしい物は発見できなかった。

しかし、建物の造り自体はしっかりとしており、このまま放置しておくにはもったいないとトアは思った。

「ここを綺麗に改装すれば、狩りの際の休憩場として利用できそうですね」

「わふっ！　それはとってもいい案だと思います！」

主に狩りを担当しているマフレナは、トアの提案に大喜びだ。

ただ、ここは要塞の外にある建物であるため、トアの持つリペアとクラフトは使えない。そのため、改装するにはドワーフたちの力が必要不可欠になる。

「まずは壁と床の修繕から始めて……あ、天井の穴もふさがないといけませんね。あっちに新しく窓を設置した方が日光を取り込めて――」

ドワーフ族代表のジャネットはすでに改装案を練っているようだ。

「本当に仕事熱心ね、ジャネットは。……あら？」

ジャネットの真面目さに感心していたエステルは、たまたま目に入ったテーブルの上に一冊の本が置かれていることに気づいた。

「何かしら、この本……」

手に取ってペラペラとめくってみるが、最初の数ページしか記述がなく、しかも見たことがない文字で書かれていたため、内容を理解することができなかった。

気になったエステルは本をトアやシャウナに見せる。

「この文字……シャウナさんは知っていますか？」

「どれどれ」

本を受け取ったシャウナは、そこに書かれた文字をしばらく眺めた後、そっと閉じた。

「どうやらこれは……ザンジール帝国の文字のようだな」

「帝国の？」

「ああ。なので、これは私よりも、きっとフォルの方が詳しいんじゃないか？」

「フォルが？　……ああ、そうか」

ザンジール帝国の人間が書いた本だとすれば、同じくザンジール帝国生まれであるフォルが読めるはず。

早速、フォルは本へと目を通す。

「確かに読めますね」

その言葉に、周囲から「わあっ！」と歓声があがる。

だが、当のフォルはいつもに比べてテンションが低い。原因は間違いなく、この本に書かれている内容が関係しているのだろう。

「……マスター」

「ど、どうした、フォル」

いつになく真剣な口調のフォルに、思わず戸惑うトア。

「この本なのですが……持ち帰ってアイリーン様と一緒に読んでもいいでしょうか」

「アイリーンと？　それは別に構わないけど」

「ありがとうございます」

一切のボケはなく、真剣な態度のフォルを見て、トアだけでなく、その場にいた全員が違和感を覚える。

「ちょ、ちょっと、その本に何が書かれているのよ！」

「クラーラ様……それについては長くなりますので、アイリーン様を交え、要塞村に戻ってから改めて説明させていただきます」

いつもならセクハラ発言のひとつでも混ぜて頭を吹っ飛ばされるところだが、今回はそれすらない。

どうやらその本には、フォルの態度をガラッと変えてしまうほどの衝撃的な事実が書かれているらしい。

◇　◇　◇

要塞村へ帰還後、まずは収穫した果物や山菜を調理場へと運ぶ。

料理の下準備を銀狼族や王虎族の奥様方に任せ、トアとフォル、そして例の本の正体が気になった収穫参加メンバーは地下迷宮へと足を運んでいた。

「あら？　今日は随分と大所帯ですのね」

「本当だな。何かあったのか、村長」

地下迷宮の看板娘であるアイリーンと、その地下迷宮を探索し、アイテムなどを回収する冒険者をしている銀狼族のテレンスは、村長トアと仲間たちのいきなりの訪問に驚く。

「ああ、えっと……今日はアイリーンにちょっとしたお土産を持ってきたんだ」

「お土産？」

「そうです。アイリーン様、こちらをご覧ください」

フォルはアイリーンを呼び寄せ、テーブルにあの独房で見つけた本を置く。

「これはアラン・ゴードルという人物によって書かれた本です」

「アラン・ゴードル？」

名前を耳にすると、アイリーンは眉根を寄せて本を見つめる。

「その人物を知っているのかい？」

シャウナが尋ねると、アイリーンは顎に手を添え、しばらく思案した後にゆっくりと口を開いた。

「名前だけなら……この要塞にいた兵士さんの会話に何度か出てきましたわ」

「そうか……。ちなみに、フォル、君はどうなんだい？」

「この方についての詳細な情報は……これを読み進めていけば分かります」

本のページをめくりながら、フォルはそう語り、本に書かれている内容を読み始めた。

【今日からここが俺の職場になる。いつ完成するかも分からん名も知らない要塞だが、国家反逆罪ってことで牢獄《ろうごく》にぶちこまれ、腐りかけの飯を漁《あさ》るよりかはずっとマシな生活を送れるだろう。そういえば、いつだったか、兵団長が言っていた自律型甲冑《かっちゅう》兵とやらをここで造っているとかなんとか。相変わらず上の連中は戦うことしか頭にないらしい。飢餓とか孤児とか、もっと解決を優先すべき問題はあると思うんだがな】

内容から察するに、どうやらこの本はアラン・ゴードルという人物の日記らしい。それも、義務的に書かれた日報のようなものではなく、個人的に書かれたもののようだ。

「……アラン・ゴードルって人は兵士だったんだ」

「国家反逆罪ってことらしいけど……何をしたのかしら」

同じように、国を守る聖騎隊の一員だったトアとエステルは、アラン・ゴードルなる人物の過去が気になっていた。

その真相にたどり着くため、フォルはさらに読み進める。

【記念すべき俺の最初の任務は餌やりだ。……いや、餌やりなんて言われたものだからてっきり実験用の動物でも飼っているのかと思いきや、相手は普通の女の子じゃねぇか。しかもこの子はあのクリューゲル家の御令嬢《ごれいじょう》らしい。父親に和平路線を推奨したが、俺と同じく反逆者扱いを受けてここにぶちこまれたとのことだ。一体何をどうやったら、あんなへそ曲がりのクソジジイからこんなまともな子が生まれるんだ？　本来ならば彼女のような存在が政治の表舞台に立つべきだと俺は思うね】

「っ！　ちょ、ちょっと待って！　このクリューゲル家の御令嬢って……もしかしてアイリーンのことか？」

全員の視線がアイリーンへと注がれる。

そのアイリーンは、手で口を押さえながら少し震えていた。

「この日記の……少々乱暴な語り口……わたくしに優しく接してくださった、あのおじさまにそっくりですわ！」

「や、やっぱり……じゃあ、このアラン・ゴードルって人はつまり――」

「僕の中の人である可能性が高いです」

　フォルは再び視線を日記へと移し、読み進めた。

【今朝方、本隊から新しい装備の補充が届いた。が、俺はそれを突っぱねた。装備っていうのは何も新しけりゃいいってもんじゃない。武器でも防具でも、使い慣れた相棒とも呼べる存在があってこそだと俺は思う。だから、俺は新しい甲冑より、使い慣れた相棒にまだまだ働いてもらうつもりだ】

「！　この相棒って絶対にフォルのことだよ！」

「……独房ではこのあたりまでしか読んでいなかったのですが……。やはり、このアラン・ゴードルという方は、僕の中の人のようですね……」

　探し続けていた中の人。

　果たして、どんな人物でどんな最期を遂げたのか。それを知るため、フォルはさらに読み進めていく。

【本隊から召集がかかった。戦争に反対した俺を国家反逆罪だと散々罵り、挙句の果てにこんな場所へ押し込めておきながら、戦況が不利になった途端、掌《てのひら》を返してきやがった。そりゃあれだけあちこちにちょっかいかけてりゃ反感買うに決まっている。子どもでも分かりそうなものだ。子どもといえば俺は当然召集を断ったんだが、あいつらは従わなければ元部下の子どもたちを兵に仕立てると言いだしやがった。あいつらの子どもってまだ七、八歳だぞ？　一番大きくても確か十歳だったはずだ】

「そんな小さな子どもまで、戦場へ送りだそうとしていたなんて……」

百年前に起きた世界規模の大戦争。

聖騎隊養成所時代に座学の授業で得た知識こそあるが、こうして実際にその時代を生きた者の声を知ると、授業で受けた時よりも何倍も強い衝撃だった。

「思えば、終盤の帝国側は行動のほとんどがやけっぱちに見えたなぁ……」

アラン・ゴードルだけでなく、目の前にいる八極のシャウナもまたその凄惨な戦争を体験した者のひとりだ。

辛い過去に思いを馳《は》せているシャウナだが、そんな彼女に対する記述もあった。

【しかしあの八極って連中は何者だ？　特にあの黒蛇の女はやべぇ。たったひとりで三千人はいた部隊を全滅させやがったぞ。できればもう二度と戦いたくないものだ】

「「「「…………」」」」

その場にいた全員が、引きつった表情でシャウナへと視線を移す。

「諸君、レディに対してそのような視線を送るのは失礼だぞ」

「し、失礼しました」

代表してトアが謝罪する。

とはいえ、いつも女子にセクハラ言動を働いてはいるが、改めてシャウナが八極の一員であることを思い知らされる一文だった。

気を取り直して、フォルはさらに読み進める。

【仕方がないので出撃の準備を整えていたが、あいつら俺の大事な相棒を自律型甲冑兵の試作機として実験に使用するから新しい甲冑に変えろと言ってきやがった。なんでも、優れた兵士の甲冑ならば戦闘能力も高いだろうとかいう訳分からん理由だ。俺が優れた兵士って部分には大いに賛同するが、そんな理由で相棒は譲れない。抵抗を試みたが、結局それは無駄な足掻《あが》きだった。まあいいさ。どうせこの戦いで帝国は負ける。そしたらこっそりここへ戻って、相棒を回収していこう。それまで待っていてくれよ】

「……アランさんは本当にフォルを大事にしていたんだな」

日記からヒシヒシと伝わるアランのフォルに対する想《おも》いに、その場は静まり返る。テレンスに至ってはすでに泣いていた。

【とうとう出撃の朝が来た。思いつきで始めたこの日記も、今日で最後になるだろう。相棒は地下施設へと移送されたようだ。相棒だけでなく、あのアイリーンって子も、すでにいつもの部屋にいなかった。できれば、最後の挨拶くらいはしておきたかったが残念だ。あの子は……どうか幸せになってもらいたいと切に願うばかりだ】

——ここで、日記は途絶えている。

フォルが読み終えたと察したシャウナが追加情報を告げた。

「終戦後に帝国側の戦死者リストに目を通したが……アラン・ゴードルという兵士の名はなかったと思う。運よく生き残ったか、或《あるい》は……」

「末端兵の情報はすべて載っているわけではありませんからね。もしかしたら見つかっていないだけで、今もどこかに彼の亡骸《なきがら》があるかもしれません」

日記を閉じたフォルは静かに語る。

その横で、アイリーンは目に涙を浮かべていた。

「おじさまは最後までわたくしのことを……」

父から見捨てられ、死後も地下迷宮をさまよい続けていたアイリーンにとって、優しくしてくれたおじさまことアランは恩人だった。

そのアランが、死地へ向かう直前まで自分を心配してくれていた。アイリーンはそれがとても嬉《うれ》しくて、でも同時に悲しい気持ちにもなって、とめどなく涙が溢《あふ》れてくる。

「……マスター、この日記帳ですが、僕に譲っていただけませんか?」

「当然だよ」

「ありがとうございます」

フォルは礼を述べて、その本をアイリーンと一緒に再度読み始めた。

「随分と熱心に読み込んじゃって」

「ずっと探していた人が見つかったってわけだからね」

クラーラとトアは、ようやく見つけた中の人のことをもっとよく知ろうと日記を読みふけるフォルを優しい眼差《まなざ》しで見つめていた。

「あの日記を見る限り、フォルを愛用していたアラン・ゴードルという兵士は帝国側には珍しい戦争反対派だったようだな。……彼の名をローザに伝えておこう。調べ物が好きな彼女ならば、より詳しい情報を得られるかもしれないからね」

シャウナはそう告げて、ローザのもとを訪ねるべく地下迷宮を出た。

トアはシャウナを見送った後、視線を戻す。

そこには、熱心に日記を読み続けるフォルとアイリーンの姿があった。

それもそのはず――あの日記の中には、ふたりが探し求めていた人がいるのだから。


トアたちが地下迷宮にいる間、村では宴会の準備が進められていた。

遅れて、要塞村の調理場を任されているフォルが復帰。

準備を進めていた銀狼族と王虎族の奥様方と交代し、自慢の腕を振るい料理を仕上げていく。ずっと消息を捜していた中の人が見つかったことで、さすがに今日中の復帰は難しいだろうとトアは踏んでいた。

しかし、フォルはこうして戻ってきて、今も熱心に料理を続けている。夜になったことで、地下迷宮から出られるようになったアイリーンも、楽しそうに村民たちと談笑していた。

「大丈夫か、フォル」

「何も問題はありません。今日も僕の腕は絶好調ですよ、マスター」

返ってきたフォルの声色は楽しげなものだった。

それと、絶好調という言葉は嘘《うそ》ではなく、振る舞われた山菜とキノコ料理は好評だった。

山菜は肉と合わせて炒《いた》め物《もの》にし、キノコはそのまま焼いて食べたり、スープの具としても活用した。

「一見するとそこら辺に生えている草と変わらないが……これはうまいな」

「独特の風味がいいアクセントになっている」

「うむ。野菜とはまた違った味わいじゃな。それに、調理の仕方も工夫が凝らされておるし、文句のつけようがないのぅ」

ジンとゼルエス、さらにはローザが山菜料理を絶賛。

そこへ、シャウナが「今のままでは物足りないだろう」と酒を持って参加し、宴会の盛り上がりは一気に加速していった。

「相変わらず、ここの宴会は賑《にぎ》やかね」

「それがいいところなんじゃない」

「その通りね」

エステルとクラーラは、自分たちが収穫してきた山菜料理をジュース片手にまったりと楽しんでいる。

そのジュースで使用されている果物もまた山菜と一緒に収穫してきたものだった。

それだけにとどまらず、フォルはファグナス家から分けてもらった食材も使い、果実をふんだんに使用したデザートも用意していた。

リンゴを惜しみなくつぎ込んだアップルパイ。さらにはブドウのケーキにナシのタルト。これらを手際よく次々と作りあげていく。もちろん、味も抜群だ。

「「「「おいしーい！」」」」

老若男女問わず、フォルの手作りスイーツは大好評だった。

「……また腕を上げたんじゃない？」

「お褒めいただき光栄の極みですね」

謙遜するフォル。

しかし、間違いなくレベルアップしている。

トアはそう確信していた。

「これからも要塞村の厨房《ちゅうぼう》は任せたぞ、フォル」

「お任せください、マスター！」

胸を張り、自信に溢れた声でフォルは宣言する。

自分を大切にしてくれた中の人ことアラン・ゴードル。今までずっと知りたいと思っていたその人物の過去に触れたことで、フォルは吹っ切れたようだった。

「マスター、近いうちにまた森へ山菜や果物を収穫に行きましょう」

「ああ、もちろん。今度はもっと大勢で行こう。安全に配慮すれば子どもたちも一緒に楽しめると思うし」

「それは確かに盛り上がりそうですね」

こうして、要塞村の食糧事情はますます豊かなものとなっていき、さらにフォルの秘められた過去の秘密まで知ることができたのだった。

閑話　動きだす陰謀

「こんなバカなことが……」

フェルネンド王国聖騎隊に所属するヘルミーナ・ウォルコットは怒りに打ち震えていた。

事の発端は今朝開かれた王国議会。

いつも通り、魔獣討伐に関する情報交換や今後の展開について話し合うのかと思いきや、普段議会には参加しないディオニス・コルナルドが姿を見せたことで状況が一変する。

ディオニスは各隊の隊長たちへ向かって高らかにこう宣言した。

「我らフェルネンドはセリウス王国の制圧に動く」

突然の宣戦布告に、多くの隊長たちはざわつき始める。

そんな中、ヘルミーナはすぐさま反対しようと声をあげたが、周囲の反応はまるで違った。

「この時を待っていた！」

「我らフェルネンドが世界統一国家の頂点となるのだ！」

「フェルネンド万歳！」

議会に参加していた多くの兵士が、ディオニスの決断を称《たた》える。

その反応に、ヘルミーナは愕然《がくぜん》とし、視線をある男へと移した。

ディオニスの横で腕を組み座っている髭《ひげ》を生やした男だ。

彼の名はジャック・ストナー。

聖騎隊大隊長であり、トアやエステルの友人であるクレイブの父だ。

そのジャックは、ディオニスのとんでもない宣言を耳にしても、また、それに対して絶賛する周囲の隊長たちを見ても、表情を一切変えもしなければ、その宣言に対して異を唱えるようなこともしなかった。

つまり、聖騎隊トップであるジャックも、セリウス王国への制圧に賛成派だということだ。

しかし、相手のセリウス王国はフェルネンドには及ばないとはいっても大国であることは間違いない。

そこと正面からぶつかり合えば、こちらも被害は少なくないだろう。そうなった時、他国が黙っているはずがない。セリウス王国と友好関係を結んでいる国が、総力戦の末に弱ったフェルネンドへ総攻撃を仕掛けるのは目に見えていた。

そうした不安要素も飛び出す中、ディオニスはそれについても対策はあると述べる。

「確かにセリウス王国は強い。だが、我らには心強い味方がいる」

会場がさらにざわつく。

心強い味方という言葉に誰もが「もしかして」と希望を抱く中で、ディオニスはゆっくりとその援軍の名を口にする。

「我らはすでに八極のひとりと接触し、協力を得ることに成功している」

八極。

巨大戦力を誇る帝国に対し、たった八人で驚くべき戦果をあげた伝説の英雄たち。

そのうちのひとりが、フェルネンドの援軍として加入するとディオニスは告げた。

「おお！　あの八極が我らの味方に！」

「もう恐れるものはない！」

「我らに勝利を！」

一斉に湧き上がる歓声。

さらにそれを活気づけたのが、大隊長であるジャックの言葉だった。

「これは決定事項だ。我々は八極と共にセリウスへと侵攻する」

「「「「おおおおお!!!!」」」」

ジャックの力強い言葉に、議会に参加した兵士たちは熱狂。

だが、ヘルミーナをはじめ、一部の兵士たちからは落胆や絶望といった感情が読み取れるくらいの表情がうかがえた。


議会終了後。

ヘルミーナは親しい同僚隊長であるジャンのもとを訪ねていた。

「率直に聞く。今日の議会についての君の意見を知りたい」

「失望したよ」

ヘルミーナの問いかけに、ジャンはため息を交えながら答えた。

正義感の強い彼ならばそういう反応を示すだろうとヘルミーナは読んでいたが、まさに想像通りの返答だったので思わず噴き出してしまう。

「なんだ。ひょっとして君も他の連中と同意見か？」

「いや、すまない。そちらの回答があまりにも予想通りだったのでね」

「……俺は帝国を打ち破るため、世界中に声をかけ、一丸となって戦った、清く勇ましいフェルネンドに憧れて聖騎隊へ入ったんだ。……だが、これでは俺がこの世でもっとも嫌う、あの帝国のやり方と一緒ではないか」

ジャンは頭を抱えて唸った。

「ならば、これからどうする？」

「……除隊覚悟でかけ合うさ。こんなバカげた戦争はすぐにやめろってな。八極が味方するっていうのもなんだかキナ臭い」

八極については王国戦史の教本に載っているくらいの情報しか知らないジャンだが、彼らは好きで好んで戦いに参加しているようには思えなかった。ディオニス・コルナルドが、兵士たちを焚《た》きつけるためについた嘘かもしれない。

「ふっ、実に君らしい答えだ。……ジャン……ならば、まずはフロイド・ハーミッダ大臣のもとを訪ねるといい」

フロイド・ハーミッダとは、フェルネンド王国における外交部門のトップであり、ヘルミーナの部下であるネリス・ハーミッダの父親である。

「ハーミッダ大臣か……確かに、あの方が今回の話をこのまま静観しているはずがない！」

心強い味方ができるかもしれない、とジャンはヘルミーナの肩をバシバシと叩《たた》きながら浮かれていた。

「それで、そっちはこれからどうするんだ？」

「私も同じ考えだよ。ただ、部下に報告をしないと」

「そうか……そうだったな。君のところにはハーミッダ大臣の娘だけでなく、ストナー大隊長のご子息もいたな」

「ああ……けど、彼はきっと父と違う考えを持っているはずだ」

クレイブの性格をよく知るヘルミーナは、今回の聖騎隊のセリウス侵攻に対し、きっと反対するだろうと踏んでいた。セリウス侵攻に父であるジャックが賛同しているとなると、息子クレイブの心中は複雑なものだろう。

――ただ、ジャンにはもうひとつ気になることがあった。

「クレイブ・ストナーの件もそうだが……彼はどうする気だ？」

「彼？　誰のことだ？」

「とぼけるなよ。ロンバルディ家のアルク様のことだ。先週、副大臣の紹介でお見合いをしたんだろ？　話に聞くと、好感触だったそうじゃないか」

「……誰に聞いた？」

「君のところのエドガー・ホールトンだが」

「エドガーめ……」

ヘルミーナの表情が曇っていく。だが、そのことに気づかないジャンはさらに続けた。

「ロンバルディ家とコルナルド家は昔から懇意にしていたと聞く。今回の決断のバックには間違いなくコルナルド家が関わっているだろうから、将来的にロンバルディ家の一員となるかもしれない君はやりづらいんじゃないかと――」

「……れた」

「うん？　何か言ったか？」

「その話なら……流れた」

「えっ……？」

サーッと血の気が引くジャンはたまらず視線を外す。

「……十七」

「な、何？」

「十七だ。これが何を示す数字か分かるか？」

「い、いや……」

「私のお見合い連敗記録さ。我ながら笑ってしまうよ、この数は」

引きつった笑みを浮かべながら遠くを見つめるヘルミーナ。

ジャンはすぐに話題を切り替えようと、無駄に大声で話す。

「ああー……と、とにかく、セリウス王国への一斉攻撃が始まってしまうまでに、なんとかしないとな！」

「……うむ。私もやれるだけの抵抗はしてみるさ」

先ほどまでの暗い雰囲気は消え去り、ジャンとヘルミーナは固い握手を交わす。

こうして、多少強引ではあったが、反対派として抗議活動に出ることを誓ったのだった。

第三章　お月見大作戦

フェルネンド王国がセリウス王国へ侵攻しようと目論《もくろ》んでいることなど微塵《みじん》も想定していない要塞村では、今日も穏やかな時間が流れていた。

「うーん……すっかり秋って感じだな」

朝食を終えたトアは、要塞の修繕を始める前に、その周辺をブラブラと散歩していた。傷ついた箇所がないかチェックするという名目だが、本当はこの過ごしやすい秋らしい気候を楽しむためでもあった。

しばらく歩いていると、何やら声が聞こえてきた。

誰だろう、と声のする方へ進むと、そこにはジンとマフレナの銀狼族親子が何やら真剣な面持ちで向かい合っている。

「やってみろ、マフレナ」

「わふっ！」

父からの言葉を受けたマフレナは瞑目《めいもく》し、大きく息を吐いて全身に力を込める。

ブオッ‼

次の瞬間、マフレナの髪や尻尾の色が金色へと変わる。

「あれは⁉」

銀狼族の中でも千人にひとりの割合で出現するという上位種の金狼へと変わっていた。

「マフレナ！」

トアは思わず飛び出した。

前に金狼状態となったマフレナは我を忘れ、本能のままにトアを襲い、おまけにその後は倒れてしまったのだ。

だが、トアの存在に気づいたジンは冷静に「しーっ」と人さし指を口に添えて「まあ見ててくれ」と言わんばかりに目配せをする。

「ジ、ジンさん」

「そう不安そうな顔をしないでくれ、村長。……マフレナならば乗り越えられるはずだ」

金狼の力を自由に扱えるようになれば、この先、要塞村に何かが起きた場合、さらに頼れる戦力になることは間違いない。

そのためにも、ジンはマフレナに金狼としての力を制御できるようここで秘密の特訓をしているのだと教えてくれた。ちなみに、念のため、精霊族が作ってくれたマッケラン草の花蜜ジュースを常備しているとのこと。

「だが、特訓成果は……芳《かんば》しいものではないな」

それだけ、金狼としての力を維持し続けることは難しいらしい。

「グルル……」

現に、マフレナの表情はトアを襲った時と同じ獰猛《どうもう》な獣そのものへと変わり始めていた。

「マフレナ！　しっかりしろ！」

父が発破をかける。

それに、トアも続く。

「そうだよ、マフレナ！　君ならできる！」

「トア村長もこう言っているぞ！　頑張るんだ、マフレナ！」

「グオォ……」

しかし、それも虚《むな》しくマフレナはだんだんと自我を失っていく。

「仕方がない……少し方向性を変えてみるか」

「方向性？」

キョトンとするトアを放置して、ジンは大きな声でマフレナに語りかける。

「マフレナ！　想像するのだ！　おまえが守りたいモノを！　いつかおまえが語っていた、愛する者とたくさんの子どもたちに囲まれた、幸せな家庭生活を！」

「⁉」

マフレナに反応が見られた。

どうやらこの路線は成功らしい。

「わ、ふうぅ……」

「！　マフレナが言葉を！　それに動きが大人しくなっていきますよ！」

「よし！　いい傾向だ！」

効果が見えたことでジンはさらに続ける。

「その調子だ、マフレナ！　もっと想像するんだ！」

「そうだ、マフレナ！　自分の好きなことをいっぱい想像するんだ！」

「ぐうぅ……」

効果はある。

だが、それは決定打に及ばない。

マフレナは苦しそうな声をあげて跪《ひざまず》いた。

「マフレナ！」

「いかん！　ここが限界か……いや、まだ手はある！」

ジンはマフレナに駆け寄ろうとするトアを制止して声を張る。

「話に具体性を持たせてやればいい。その方が、あの子も想像しやすいだろう」

「具体性？　……えっと、つまり？」

「トア村長……先に謝っておく。すまん」

「へ？」

一礼をしてから、ジンはこれまでで一番大きな声量でマフレナに叫ぶ。

「マフレナ！　トア村長がおまえと家族になってくれるそうだ！」

「そうだ！　俺が――って、何言ってるんですか!?」

いきなり飛躍しすぎな問題発言。

――だが、これが恐るべき効果をもたらす。

「トア様が⁉」

それまでの苦しげな表情から一変。

金狼状態を維持しながら、喜色満面でトアたちの方へ振り返る。

「でかしたぞ、マフレナ！　金狼状態を維持しながらも、しっかりと自我を保てるようになったじゃないか！」

「わふ？　ホントだ！　見て見て、トア様～‼」

「わあっ⁉」

いきなり抱きついてきたマフレナ。

その不意打ちに対応できず、トアは押し倒される形で地面に背中を打ちつける。

「わふふふ～♪」

「まったく……」

危ないと注意しようとしたが、自分に跨《また》がる格好となっているマフレナがあまりにも嬉《うれ》しそうにしているので、そんなお説教などどこかへ飛んでしまった。

――と、その時、トアの顔に影が降りた。

「ねぇ、トア……さっきのは一体どういうこと？」

「⁉」

左側からエステルの顔が迫る。

「トア……あなたマフレナと家族になるの？」

「!?」

右側からクラーラの顔が迫る。

「い、いや、あの……」

どこからともなく現れたエステルとクラーラ。

クラーラは明らかに怒っている。

エステルはいつもの笑顔——のはずなのに、なぜだかとても怖く映った。

トアはこの状況と家族発言をすぐさまジンに弁解してもらおうと視線を送ったのだが、すでにその姿はなかった。

「い、いつの間に!?」

ここへ来て、ようやく先ほどの謝罪の意味をトアは理解した。

エステルとクラーラのふたりがすぐ近くにいたのを、ジンはその優れた嗅覚と聴覚によって知っていたのだ、と。さらにそこへあのような誤解を招く発言を大声でしたら——その後どうなるかも分かっていたのだ。

「トア、説明してもらうわよ？」

「逃げたりしないわよね、トア」

「…………」

とりあえず、何を言ってもダメそうな感じなので、トアは乗っかっているマフレナをそっと引きはがし、深呼吸をしてから口を開いた。

「ごめん！　これからファグナス様のところへ行かないと！　ほら、マフレナも！」

「わふっ！　そうでした！」

トアはそう言い残し、マフレナと共にその場から慌てて立ち去ったのだった。

◇◇◇

エステルとクラーラの脅威から逃げつつ、トアは領主であるチェイス・ファグナスへ月に一度の定期報告を行うために屋敷を訪れていた。

今回は差し入れとして、屍《しかばね》の森で採れた果物や山菜を持っていった。

「毎回すまないな」

「気にしないでください」

いつものやりとりを終えて、早速本題に入る。

トアは新しく露天風呂を作ったことと、差し入れとして持ってきた果物や山菜を収穫したことを中心に、今月の要塞村の動向を伝えた。

ひと通り話し終えると、いつもなら少し話をして解散となる流れだったが、今回はチェイスの方からも伝えたいことがあるらしかった。

「トア村長……実は、この領地内で、鋼の山の他にもうひとつ鉱山が発見されたんだ」

「えっ？　鉱山が？」

「そうなんだ。今ちょうど現地調査をしているところだが……なんとこの鉱山では上質な魔鉱石の鉱脈があると判明したんだ」

「ま、魔鉱石⁉」

魔鉱石とは、それ自体に強い魔力が込められた鉱石で、石が持つ属性に応じて効果が異なる。

例えば、水属性の魔鉱石であれば、魔力を注ぐだけで石から水が溢《あふ》れ出《で》てくるし、炎の魔鉱石の場合は石全体が火で覆われるといった具合だ。

これらは《魔法使い》系のジョブを持つ者以外でも、それに近しい効果を得られるので、非常に高い値段で取引されているのである。

「そこで、あの鉄腕のガドゲル殿に相談した結果、そちらは自由にしてよいという承諾を得たので、近々その山の麓に鉱山の町を造る予定でいる」

「えっ⁉　ガドゲルさんが⁉」

鋼の山に住むドワーフたちの親方で、ジャネットの父親でもあるガドゲル。

しかし、世間一般の認識としては、戦争を終結させた八極のひとりである鉄腕のガドゲルという名の方が有名だろう。

「ただ、ひとつ問題があってなぁ……」

非常に言いにくそうなチェイス。

どうやら、一番重要な内容はここから先のことらしいというのを、トアはなんとなくその態度から察した。

「屍の森の近くという場所なだけに、モンスターの襲撃が予想されるため、自警団を組織しようと思うのだが、できれば少しの間――自警団の体制が整うまで、君の村からも数名こちらに参加をしてもらいたい。もちろん相応の報酬は払う」

「構いませんよ」

「急な話で難しいとは思うが、いずれは要塞村からもっとも近い位置にある町として君たちの生活にも欠かせない――な、何？　本当か!?」

あっさりと承諾されたことに、チェイスはびっくりしている様子。

「銀狼族と王虎族の若い人たちに俺から声をかけておきますので、必要な時期になったら教えてください」

「た、助かるよ。実を言うと、もうすでに道路や家屋などの建築は始まっていてね。ガドゲル殿が協力をしてくれているんだ」

「そ、そうだったんですね」

「ああ！　そうそう！　自警団のメンバーについては当てがあるから、それほど長い期間必要になるわけじゃないと思う」

「分かりました。それにしても、新しい町……楽しみですね」

「鉱脈の規模によるが、もしかしたらセリウス王国内でも一、二を争う商業都市ダルネスにも負けないくらい大きな町になるかもしれないぞ」

「おおっ！」

もし本当に、それだけの規模の鉱脈だったとすると、そこを領地としているファグナス家の地位はグン、と上昇するだろう。

ただ、チェイスは地位や名誉に執着しないという、貴族にしては稀有《けう》な性格をしているため、そうなったとしてもこれまでと態度が大きく変化するという心配はないだろう。

トアの要塞村も、元々は八極のローザへ所有権を渡していたが、ローザの願いを聞き入れてトアへ所有権を移すといった柔軟な対応もしてくれている。

仮に、ファグナス家以外の人間が所有する領地に無血要塞ディーフォルがあったら、たとえローザの願いであっても、きっとすんなり許可は下りていなかっただろう。

トアはそんなチェイスに感謝しており、常々その恩を返したいと考えている。今回のお願いに応えることだって、その一環のつもりだ。

これで、お仕事関係の話は終了。

チェイスはメイドを呼び、お茶の準備をさせる。運ばれてきた、素人目《しろうと》にも高価と分かるカップに入っていたのは、これまでに見たことがないお茶だった。

「えっ⁉　緑色のお茶⁉」

「おっ？　緑茶を見るのは初めてか？」

「りょ、緑茶？」

「昨日偶然手に入った、ヒノモト原産のお茶でね。今日はヒノモトマニアで有名なシャウナ殿も一緒に訪ねてきてくれたので、淹《い》れてみたんだ」

「へ、へぇ……」

そういえば、要塞村に新しく造った露天風呂も、ヒノモトで入って気に入ったというシャウナのひと言から始まった。どうやら、シャウナはヒノモトという国の文化をいたく気に入っているらしい。ちなみに、そのシャウナは現在別室でメイドさんたち相手にセクハラトークで盛り上がっている。

「お茶菓子もヒノモトで一般的に食べられているものにしてみたんだ」

「これ……ですか？」

チェイスが差し出した皿に載っていたのは、小さな白い球体。

フォークで刺した感触は柔らかく、モチモチとしていた。

「団子というらしい」

「団子……？　名前だけ、どこかで聞いた覚えがありますね」

「ブライアンのヤツが今ヒノモト料理作りにハマっていてね……これもそのうちのひとつだ。さあ、食べてみてくれ」

「では……」

言われるがまま、トアは団子を口へ運ぶ。

「！　おいしい！　というか、なんですかこの……表現しづらい食感！」

「不思議な感じだろう？　私も最初は戸惑ったが、嫌な感じはしない。それどころか、好ましささえ覚える」

「た、確かに……」

フォークを刺した時のモチモチとした感触がそのまま歯ごたえとなっていた。

味も食感も、これまでにない体験をしたトア。それは今回護衛のために同行したフォルとマフレナのふたりも同様で、特に調理場の主であるフォルは、この団子を要塞村でも再現したいと、ブライアンに作り方を教えてもらい、材料の一部を果物と山菜のお礼ということで分けてもらっていた。

「要塞村オリジナル団子……必ずや作りあげてみせます！」

帰路の途中、料理人としての血が騒いだのか、珍しくフォルのテンションは高かった。

「フォルの作った団子か。それはおいしそうだ」

「わふっ！　早く食べたいです！」

「うむ。楽しみにしていよう」

「お任せを！」

夕陽《ゆうひ》を背に歩く四人は要塞村へ着くまでの間、新しい料理の話題で盛り上がっていた。

◇　◇　◇

ファグナス邸から戻った次の日の朝。

トアの姿は要塞村図書館にあった。

ローザからの提供で、以前よりも増した本の数々。その中から一冊の分厚い本を選びだすと一心不乱に読みふける。

「トアさん……何を熱心に読んでいるんでしょう」

「さあ……」

要塞村図書館を管理しているジャネットとメルビンは、ここへ来てからほとんど喋《しゃべ》らず読書を続けているトアを心配げに見つめている。

「要塞村の近くに新しい町ができるという話でしたけど……もしかしたら、それが何か関係しているのでしょうか。何か問題点があるとか」

「し、しかし、ジャネットさん……昨日のトア村長の様子を見る限り、新しい町ができることに対してはむしろ歓迎していたように見えましたが……」

メルビンの言う通りだ。

昨夜、新しい町ができることを、トアは心から喜んでいて、とても嘘《うそ》をついているようには見えなかった。となると、トアが熱心に読書する理由はまた別にあると考えられる。

「……もしかしたら、例の件が関係しているのかもしれませんよ」

「えっ？　メルビンさん、心当たりがあるんですか？」

「はい。というか、ジャネットさんも知っていることですよ」

「私も？」

メルビンはそう言うが、ジャネットにはまったく思い当たる節がなかった。

「ほら、あれですよ。誤って混入していた例の本……タイトルは確か……《犬耳のあの子といちゃラブ》なんとか」

「!?」

それは、ローザが仕入れた本の中に偶然紛れ込んでいた書物。異種族間の恋愛がテーマとなっている内容だが、過激な性描写があるため、読むには年齢制限が設定されているものだ。

「あ、あの本はローザさんを介して全部元の持ち主へ返却しましたし、そもそも、トアさんはあれの存在を知らないはずですよ」

「そ、そうでしたね」

事前のチェックで、いち早くその存在に気づいたジャネットとメルビンは、極秘のうちに数冊あったそれらを処理していたのである。

「だ、だから、トアさんがあのような類の本を――」

「ねぇ、ジャネット」

「わあああああああああっ!?」

不意に声をかけられたジャネットは思わず叫ぶ。

「ど、どうしたの?」

「な、なんでもありませんよ、トアさん……」

「そ、そう……」

とてもそうは見えなかったので、メルビンにアイコンタクトで説明を求めてみる。だが、メルビンは静かに首を横へ振るだけ。恐らく、「そっとしておいてあげてください」という意味だろうと悟ったトアは、それ以上追及せず、本題へと移る。

「えっと……この本を借りたいんだけど」

「……それは幼馴染《おさななじみ》ですか？　エルフですか？　獣人族ですか？　ドワーフですか？」

「へ？　い、いや、ヒノモトの文化に関する本なんだけど……」

トアが表紙を見せると、それは《ヒノモトが誇る文化のすべて》という、なんとも堅苦しいタイトルの本だった。

「露天風呂とか団子とか、最近はヒノモト王国に関するものが要塞村で流行《はや》っているから、他にみんなで楽しめるものはないかなって探していたんだ。そしたらちょうどいい本が見つかって、これからいろいろ実現できないか、試そうと思って」

「そ、そうだったんですね」

キラキラと輝く瞳で熱く語るトア。ジャネットはその勢いに押され気味だった。

「それでさ、ジャネット」

「はい？」

「さっきの、その、幼馴染とかエルフって、なんのことだったの？」

「…………っ!?」

トアが投げかけた純粋な質問。

それを受けたジャネットの顔は一瞬で真っ赤に染まり、フラフラとした足取りで近くのイスに腰かけると、そのまま突っ伏してしまった。

「ジャ、ジャネット？」

「トア村長……ここはどうか、ジャネットさんをそっとしておいてあげてください」

「メ、メルビン？　そ、そうだね……」

これ以上ジャネットに声をかけるのは難しいと判断し、本を借りる手続きだけを済ませて、トアは早速ある場所へ向けて図書館をあとにした。


トアが訪れたのは居住区として使っているスペースの屋上だった。

かつては穴だらけで今にも崩れ落ちそうなほどボロボロであったが、村民たちが家として利用できるよう、リペアを駆使して完璧に修繕したのである。そのため、現在は目立った傷もなく、平坦《へいたん》でのびのびとした広い空間となっていた。

ゆっくりと一歩を踏みだしたトアは、ひと通り周辺を歩いてみる。足場が脆《もろ》くなっていたら補強しようと思っていたが、その心配もなさそうだ。

「高いから周囲を見渡せて景色もいい。あとは周囲を転落防止用の柵で囲めば、安心してこの空間を利用することができるな」

屋上の状態を確認し終えると、トアは満足げに頷いた。

以前から、トアはこの屋上の空間を有効利用できないものかといろいろ思案していたが、これといったものが浮かばず、放置されていた。

しかし、要塞村でにわかに起き始めているヒノモト文化ブームを受けて、それに関する書物を読んだ際、あるアイディアを思いつき、その確認作業を行っていたのだ。

「さて、お次は——」

トアが次の作業へ移ろうとした時、頭上から木の葉が一枚落ちてきた。

「おっと」

ヒラヒラと宙を舞うそれを手に取ると、振り返って視線を上に向ける。そこにあるのは要塞村の象徴にもなっている巨大な木。

自らの存在をアピールするように、金色の魔力を放つ神樹ヴェキラだ。

「……これを使えってことかな？」

偶然か、はたまた神樹の意思か。

トアは落ちてきた木の葉をギュッと握りしめ、その手を屋上の床へとつける。

「クラフト」

リペアと並び、《要塞職人》のジョブによって得たクラフトの力を発動させると、トアを中心にして屋上全体に緑が広がっていく。ほんの数秒で、味気ない石造りの屋上に鮮やかな新緑の芝生ができた。

「うん。ふかふかだ」

芝生を撫《な》でながら出来に満足していたトアのもとへ、今度は小さな枝がいくつか落ちてくる。

「分かったよ。こいつでフェンスを作れって言うんだろ？　あと、余った物はベンチなんかに利用できそうだな」

まるで神樹と会話をするように、トアはクラフトで早速ベンチを作った。それを設置し終えたと同時に、この屋上へとつながる唯一のドアが開いた。

「わっ！　何これ⁉」

「これは……驚いたのぅ」

やってきたのはエステルとローザだった。

今や師弟関係であるふたりは、少し見ない間に緑豊かとなった屋上の変化に戸惑っているようだったが、そこにトアの姿を発見すると事情を察して歩み寄る。

「トアよ。屋上を随分と思い切って改装したな」

「本当。まるで庭園みたい」

「その通りだよ。ここを庭園にしようと思ってるんだ」

これこそがトアの狙いだった。

「庭園に？　……ふむ。眺めもいいし、日当たりも良好。ここなら花壇を設置してガーデニングをしたり、聖水を引っ張ってきて噴水を作ることもできるじゃろう」

「さ、さすがはローザさん……俺がここでやろうとしていることを、そこまでズバズバと言い当てるなんて……」

「それくらいお見通しじゃよ」

かかか、と高笑いのローザ。

その横で、エステルはまだ屋上庭園からの景色に見入っていた。

「凄《すご》い……ここからなら、森を一望できるわね」

「ああ。でも、それだけじゃないんだ」

「「それだけじゃない？」」

ローザとエステルの声が重なる。

「実はちょっとしたイベントを考えているんですよ。この庭園はその準備段階なんです」

「ほほう……それは楽しみじゃのぅ。なあ、エステルよ」

「はい！　ねぇ、トア。私に何か手伝えることはない？」

トアからの提案を聞いたエステルは居ても立ってもいられず、手伝いを申し出た。

「肉体労働には向かないが、魔法関連でならワシも協力するぞ」

さらにはローザも力を貸してくれるという。

「ありがとう、エステル。それにローザさんも」

強力な助っ人《すけと》を得たトアは、早速ふたりへ指示を出すと、自身はあるお願いをするために調理場へと向かった。

トアが調理場近くまで来ると、やけに賑《にぎ》やかなことに気づく。

「あっ、そういえば今日って……」

調理場を覗《のぞ》くと、そこでは銀狼族と王虎族の奥様方とフォルが女の子たちに料理を教えていた。

「おや？　どうかしましたか、マスター」

トアが調理場の様子をこっそり覗いていると、講師のフォルがやってきた。

「いや、みんな真面目に取り組んでいるなって思って」

「これも大事な花嫁修業のひとつですからね」

「なるほど。……うん？」

一生懸命に料理をしている各種族の女の子たち。そこに、ひとりのエルフ族が紛れているのを発見する。

「あれ？　クラーラ？」

「っ！」

トアからの呼びかけに対し、咄嗟《とっさ》に身を隠したクラーラであったが、すでに手遅れだった。観念したのか、おずおずと前に出る。

「料理の練習？」

「そ、そんなところね」

目をそらしながら答えるクラーラ。どうやら、本人としては料理の練習をしている場面を見られたくなかったらしい。

以前、村民たちでパンを作った際、その不器用さが露呈してしまい、結果、クラーラ作のパンはひどい有様となってしまった。それをずっと無念に思っており、今は女の子たちと一緒に一から腕を磨いているのだ。

「じゃあ、ちょうどよかったよ。クラーラにも協力してもらおうかな」

「？　な、何を？」

トアはクラーラだけでなく、フォルや奥様方、料理教室に参加していた女の子たちも集めて自身の計画を話し始めた。

「実は、ヒノモトで秋に行われるイベントを要塞村でもやろうと思っているんだ」

「ヒノモトのイベント……興味あるわね」

「確かに」

クラーラにフォル、それから女の子たちや奥様方も、新しいイベントに関心を持ったようだ。

「そのイベントには、昨日フォルがファグナス様のところで作り方を教わった団子が必要になるんだ」

「それを僕らで用意すればいいのですね」

「そういうことだ。一応、イベントの開催は三日後を予定しているけど、それまでにお願いできるかな？」

「もちろんですよ」

フォルはふたつ返事で了承した。

「あれから僕もいろいろとアレンジレシピを考えましたからね。それを惜しみなく披露したいと思います」

「さすがだな、フォル。期待しているよ」

トアは「じゃあ、俺は準備をしに屋上へ行くから」といって調理場をあとにする。


「あれでよかったの、クラーラちゃん」

トアを見送ったクラーラの背後から、銀狼族の若奥さんが声をかける。

「よ、よかったのって？　なんのことだかよく分からないけど？」

「愛するトア村長のために、こっそり料理の練習をしていること……教えてあげてもよかったように思えるけど」

「んなぁっ⁉」

クラーラは必死に「違うから！」と否定をするが、奥様方と女の子たちは終始ニヤニヤしていた。

◇　◇　◇

トアと村民たちによる屋上庭園造りは順調に進んでいった。

みんながのんびりまったり過ごせる空間を生み出すため、さまざまなアイディアが出され、トアの能力とドワーフたちの技術力でそれらを実現していく。

まず、庭園ということでたくさんの花で彩りをもたせることにした。

以前から、殺風景な要塞内をコーディネートしようと、草花の生育は行われていたため、その一部をこの庭園に移すこととした。

また、屋上という立地柄、安全には細心の配慮が必要となる。

そのため、落下防止のためのフェンスは頑丈に作られ、床が抜け落ちたりしないよう補強作業も追加された。

それらが終わると、ベンチを置いたり、地底湖から水を引っ張ってきて噴水を作ったりと細かなアレンジを加えていく。

さらにトアを喜ばせたのは、村民たちの協力を得られたことだった。

「これはどうする?」

「あっちへ運んでくれ」

「こいつはどこだったかなぁ」

「ああ、そいつはこっちにくれ」

自分が突発的な思いつきで始めたイベントにもかかわらず、各種族の若者からお年寄りまで、みんなが率先して協力を申し出てくれた。

要塞村の面々の協力的な姿勢に、作業するトアの顔は思わず綻んだ。

「さあ、もう少しで完成だ」

「「「「おおぉ!!!!」」」」

トアの呼びかけに、村民たちは笑顔で返す。

こうして、要塞村屋上庭園は完成に近づき、着々とイベントの準備が整えられていったのであった。

迎えた完成当日の夜。

夕食を済ませた要塞村の村民たちは、完成した屋上庭園に集まっていた。

「おお！　これは凄い！」

「見違えたな！」

仕上げに立ち会っていなかった者たちから歓声があがった。

何もない、ただ平坦《へいたん》なだけの場所が、今や緑の美しい、花々に囲まれた空間へと華麗な変化を遂げていたのだから無理もない。

「それで、この生まれ変わった屋上庭園で一体何をするつもりなんじゃ？」

そう尋ねたのは、イスやテーブルなど、自前のティーセットを広げてすでにくつろいでいたローザだった。

トアから「イベントが始まるので、食後は屋上庭園へ集合」という呼びかけがあったのでここまで来たが、何をするかはまったく説明されていなかったのだ。

「お月見です」

「お月見？」

「ヒノモトの秋の風物詩だそうですよ」

そう言って、トアは夜空を指さした。

漆黒の中に点在する星の瞬《またた》き。

その中心に陣取る大きな月は、改めて見ると確かに美しく、そして迫力がある。

「しかし……そのお月見というのは月を見るだけか？」

「見るだけです。あ、それと、お供のお菓子はありますよ」

「お菓子？」

そのお菓子とは、トアがフォルたちに依頼した物だった。フォルと要塞村の奥様方は、女の子たち（＋クラーラ）と協力して、今日のためにたくさんの月見団子を用意してくれたのだ。

屋上庭園の中央にある大きなテーブルの上には、その団子が山積みされていた。

「白い球体の食べ物……それに、変わった触り心地じゃな」

「でも、味はいいですよ」

「どれ」

団子をひとつ摘まんだローザはいろんな角度から観察し終えた後、口の中に放り込んだ。

「確かに。うまいのぅ。材料はなんじゃ？」

「ヒノモト産の穀物をお湯で溶かしていろんな材料を練り込んだ物です」

「ふむふむ」

興味を持ったローザはさらにもうひとつを口にしてみる。

「うむ！　うまいな！」

団子の味についてはローザからも太鼓判を押された。

「このお月見って、一見すると地味なんですが、ヒノモト王国では月を肴《さかな》に酒を飲んだり、地域によっては豊穣《ほうじょう》を祈るために行われていたそうです」

「ほう……ワシらで言うところの収穫祭のようなものか」

「まさにその通りだと思います」

月を眺めていたトアとローザは、その視線を一度庭園へと戻す。

屍《しかばね》の森で収穫した果物を使ったジュースを片手に、自分たちで手作りした団子を食べながら月や星の話をしている。

その団子は、フォルの考案したアレンジレシピで作られていた。

いちごやカボチャを練り込み、鮮やかな色をしたものや、動物をかたどったものなど、味はもちろん、見た目も楽しめる団子が並んでいる。

一方、大人たちは月を肴にして酒盛りの真っ最中だった。

シャウナ、ジン、ゼルエスが中心となり、フォルがあちこち忙《せわ》しなく移動しながら酒を注いでいた。

「……いい雰囲気じゃな。月を見るだけと言ったが、あれは訂正せねばいかんようじゃ。これだけの種族が揃《そろ》って楽しみながらひとつのことに取り組める。これは何物にも代えがたい贅沢《ぜいたく》なのかもしれぬな」

「ローザさん……」

「おっと、しんみりするようなことを言って悪かったのぅ。今はこの時を存分に楽しもうではないか」

「はい！」

トアがそう答えて視線をずらすと、偶然マフレナと目が合った。

すると、ピンと耳と尻尾を立て、トア目がけ全力疾走で距離を詰める。

「ト、ア、さ、まぁ！」

「うわっ⁉」

その勢いのまま、トアへと飛びついた。

避けるわけにもいかず、トアはなんとか受け止める。

「えへへへ～」

「い、一体どうしたんだ、マフレナ⁉」

普段も割とスキンシップが多いマフレナだが、今みたいに抱きついて体を密着させるなんてことはしない。

とりあえず、一旦落ち着かせようとするが、周りの銀狼族たちも軒並みマフレナのようにいつも以上のテンションで騒いでいることに気づく。

「そういえば、昔読んだ本に、銀狼族は満月を見るとテンションが高くなるという記述があったのぅ……てっきりガセ情報だと思っておったが、どうやら本当のようじゃな」

優雅に紅茶を飲みながら、ローザがそんなことを呟《つぶや》いた。

事情は把握したが、トアとしてはマフレナに押し倒されているこの状況を周りに見つかるわけにはいかない。

「トア、こっちで一緒にお月見を――って、何してんの⁉」

「マ、マフレナ⁉　な、なんでトアを押し倒して……」

「わわっ！　わぁ……」

――が、遅かった。

クラーラは叫び、エステルは驚き、ジャネットは頬《ほお》を朱に染めている。

必死に「誤解だ！」と弁明するトアだったが、女子三人からの質問攻めは当分終わりそうになかった。

「やれやれ……あの様子じゃ、尻に敷かれっぱなしとなりそうじゃのぅ」

ローザは楽しそうに呟いて、紅茶で満たされたカップに口をつけた。

閑話　トアの過去

エドガー・ホールトンは呆《あき》れていた。

久々の休日となったので、同期で友人でもあるクレイブとネリスのふたりと過ごす予定になっており、待ち合わせ場所である王都のカフェに向かう途中だった。

そのエドガーだが、眉間にシワを寄せた険しい表情をし、手入れの行き届いた濃いグレーの髪をガシガシと乱暴にかきながら歩いている。その感情は呆れから怒りへと変貌していた。

原因はここ最近の聖騎隊内での会話内容だ。

皆、魔獣討伐へ向けた話などしない。

誰につき、どんな役職を狙うか。

今朝、聖騎隊の寮を出る時も、同僚たちはそんな話で盛り上がっていた。

「……綺麗事《きれいごと》だと笑われるんだろうけどよぉ……聖騎隊で一番やらなくちゃいけねぇのは魔獣をぶっ倒して民を脅威から守ることだろうが」

自分に恵まれた環境で生まれ育ったから、きっとそういった役職だの派閥だのとかいうものに関心が持てないと思っていたのだが、じゃあここに彼らよりももっと厳しい環境下で育ったトアやエステルが同じ話をしていたかというと、それは絶対にないと断言できる。

「そういえば、トアとエステルは無事に再会できたのかねぇ……」

トアを捜すため、聖騎隊を出ていったエステル。

そんなふたりのことを考えていると、ついつい昔のことを思い出す。

その気になれば、王都中の女性を口説くことだってできると豪語するエドガー。

ただ、エステルに関しては例外だと思っている。

初めてエステルと会った日、エドガーはこの少女こそ自分のパートナーに相応《ふさわ》しいと思ってすぐさまアタックを仕掛けたのだが、あっさりと玉砕。

これまで、黙っていたって女性の方から誘ってくることの方が多かったエドガーにとって初めてと言っていい失敗だった。

原因は分かっている。

幼馴染《おさななじみ》のトア・マクレイグという少年だ。

「懐かしいねぇ……あの頃は俺も若かった……」

うんうん、と頷きながら、エドガーは過去を振り返っていた。

◇　◇　◇

聖騎隊の養成所に入った直後、他の誰にも話してはいない秘密があった。

それは、同期のトアのことが嫌いだということ。

もちろん、それはエステルに振られた原因がトアにあるという、いわば逆恨みのような念が多分に含まれている。

こんな田舎者よりも俺の方が優れている。

エリート街道を突き進むエドガーはそれを微塵《みじん》も疑わなかった。そのため、養成所での初演習の際にトアとの対戦を教官へ熱望し、力の差を見せつけてやろうとした。

それが叶《かな》えられ、実際に剣（稽古用の模造品）を交えることになったのだが、その結果はエドガーの惨敗であった。

「はあっ！」

「ぐっ⁉」

トアが放つ一撃は素早く、そして重い。その一方で、自分の繰り出す攻撃は難なくかわされてしまい、逆にカウンターを決められる。

「こいつ⁉」

苦し紛れに反撃をするエドガーだが、それは逆に新たな隙を作る結果に終わり、かえってトアへ攻撃のチャンスを与えていた。

「はあ、はあ、はあ……」

十分後。

すでに息切れ状態のエドガーに対し、トアは汗ひとつかいていない。攻め込もうにも、まったく隙が見いだせず、結局後手に回ってしまう。そしてとうとう、手にしていた模造剣を弾《はじ》き飛《と》ばされてしまった。

「そこまで！　トア・マクレイグの勝ちだ！」

教官がトアの勝利を宣言する。

エドガーは「まだやれる！」と抗議しようとするが、まともに声を出せないほど疲弊しきっていた。

パワーもスピードも、トアに遠く及ばない。

それを、エドガーは肌身で感じた。

「クソが……」

エドガーは地面に大の字を描いて倒れる。

視線を少し横へずらすと、自分の想《おも》い人であるエステルが勝者のトアへと駆け寄り、笑顔で祝福していた。

「ちっ！」

思わず舌打ちをして目を背ける。

生まれて初めて体験する敗北の味に、エドガーは絶望した。

これまで、何もかもがうまくいっていた。

挫折なんていうのは弱者の言い訳。

そんなふうに切り捨てていたのに、いざ自分がその境遇に立たされるとボロボロに打ち捨てられた気分になる。

なんて惨めなんだ。

なんて情けないんだ。

もう何もかもがどうでもよくなってしまうくらい、エドガーは憔悴《しょうすい》しきっていた。


演習で大敗を喫した日の夜。

エドガーは夜風に当たりたい気分になって養成所の中庭に出た。

生まれて初めて抱いた敗北感。

経験のない感情の処理に困り、なんとなく外へ出た。冷たい風に体を晒《さら》しているうちに少しはまともになるだろうと考えたからだ。

あてもなく歩いていると、どこからともなく「ブン！　ブン！」という音が聞こえてくる。何事かと音のした方向へ歩いていくと、そこには模造品の剣で素振りをするトアの姿があった。

「あいつ……」

自分に大勝しておきながら、トアはさらなる高みを目指して鍛錬に励んでいた。

評価をしてくれる教官が見ているわけでもないのに、汗だくになりながら一心不乱に剣を振っている。

それに対して自分はどうだ。

たった一度の敗北に打ちのめされて、自主稽古すら放棄していた。

だが、トアは違う。

もっと上を目指し、己を磨いていた。

そんなトアと自分の姿勢を見比べた時、エドガーの中で何かが弾けた。

「よう」

気がつくと、エドガーはトアに話しかけていた。

「昼間はコテンパンにしてくれてどうも」

「あ、えっと……」

「だが次も同じ結果になると思うなよ？　……俺は必ずおまえに勝つ！　だからおまえも、俺以外のヤツにあっさり負けんじゃねぇぞ！」

「う、うん！」

エドガーからの宣戦布告を笑顔で受け止めたトア。

この日から、ふたりは良き友人であり、ライバルとなったのである。

◇◇◇

「エドガー、こっちよ」

トアとの出会いを思い出しながら歩いていたエドガーは声をかけられて足を止める。気がつくと、待ち合わせ場所であるカフェの真ん前まで来ていたのだ。

「早く来なさいよ」

オレンジ色の長い髪をツインテールでまとめたネリス・ハーミッダに急《せ》かされて、エドガーは彼女のいる席へと向かう。そこには、もうひとり、少年の姿があった。

「おう、待たせたな」

「俺たちも今来たところだ」

青い髪と褐色の肌が印象的な同期のクレイブ・ストナーは、読んでいた文庫サイズの本を閉じてそう言った。

「そりゃよかった。あ、俺にもコーヒーを」

近くの店員に注文を告げて、エドガーはイスに腰を下ろす。

最初は近況報告から入った。

というのも、エステルがヘルミーナ隊を抜けてから、人数不足を理由に隊は解散となり、エドガーたちはそれぞれ別の部隊へ配属されたのだ。

そのうち話題は王都を去ったエステルとトアのことに変わる。

「それにしても……本当に腹立たしいわね」

「ディオニス・コルナルドだろ？　あんなめちゃくちゃな捏造《ねつぞう》記事を作ってまでエステルを手に入れようとするなんて……正気じゃねぇよ」

「結局、ディオニス本人にお咎《とが》めなしときている」

「お父様も不信感を抱いたらしいわ」

「うちの親父《おやじ》も似たようなこと言っていたな」

「……父上は聞いても何も語ろうとしない」

ネリス、エドガー、クレイブの三人の親は、いずれもフェルネンド王国の政治に深い関わりを持つ者たちである。そのため、今回のディオニス・コルナルドが絡む事件には、それぞれ思うところがあるようだ。

「ただ最近は……ディオニス・コルナルドだけでなく、聖騎隊全体が少しおかしいと俺は感じている。本来の役目である魔獣討伐が疎《おろそ》かになり、個人が己の立場を優位にすることだけに執着している……望ましくない風潮が根付き始めているんだ」

「ああ……」

「そうね……」

それについてはエドガーとネリスも感じていた。

しかし、聖騎隊大隊長の息子であるクレイブがそこに言及するとは驚いた。クレイブとはトアたちよりも古い付き合いであるふたりは、彼が父親をどれだけ尊敬しているかよく知っている。

そのため、父が大隊長を務める聖騎隊について、クレイブが今のように批判的なことを述べるのはこれが初めてだった。

きっかけはフェルネンド王国がセリウス王国への侵攻を発表したことだろう。

聖騎隊の雰囲気が変わったのも、大隊長のジャック・ストナーが領土拡大を訴え、セリウスへの侵攻を宣言してからだった。

「クレイブ……おまえ……」

エドガーはクレイブを心配していた。

今、クレイブは葛藤している。

幼い頃から尊敬していた父の「民を守る兵士となれ」という教えを守ってきたが、その父自身が教えを破った。セリウス王国の兵力を考えれば、全面戦争となった際、フェルネンド王国も無事では済まないのは明白だからだ。

三人の間に重苦しい空気が流れ始める。

「そ、そういえば、エステルは無事にトアと合流できたのかしら」

空気を元に戻そうと、ネリスは話題を変える。

「……あのふたりはもう運命共同体みたいなものだろう？　俺たちが心配しなくたって、きっとうまくやっているさ。次に会う時にはもう結婚していて、子どもがいるかもしれないぞ」

「トアがそこまで察しよくやれるとは思えないけどねぇ。ていうか、さすがに子どもは早すぎなんじゃない？」

「そうだぞ、エドガー！　トアに子どもなんてまだ早い！」

「なんでクレイブが怒ってんだよ……」

ネリスの作戦は功を奏し、三人にいつもの調子が戻った。

ひとしきり騒いだ後、クレイブは大きく息を吐き、語り始めた。

「これで、よかったのかもしれないな」

「？　どういうこと？」

ネリスが尋ねると、クレイブは穏やかな表情を浮かべた。

「あのふたりは、魔獣に襲撃された村の生き残りだ。亡くなった親や親しい者たちからすれば、魔獣討伐に命を懸けるより、奇跡的に生き残ったあのふたりには仲良く平和に暮らしていってほしいという願いの方が強くありそうだからな」

「言えてるな」

「私もそう思うわ」

エドガーとネリスは同時に頷《うなず》く。

ふたりも心からトアとエステルが幸せに暮らしていてくれること、そして、いつかまた、五人で集まって楽しい時を過ごしたいと願っていた。

第四章　帝国の遺産

要塞村地下迷宮。

その正体は、要塞村の広大な地下空間に造られた、ザンジール帝国の魔法兵器研究所だが、戦争が終わってすでに百年以上経《た》った現在では誰もいない無人の施設となっていた。

だが、この地下迷宮では、その研究所時代に残されたと思われる数々のレアアイテムがあちこちに散らばっていた。

冒険者と名乗る銀狼族や王虎族の若者を中心にして結成された調査隊が連日この迷宮を探索しているのだが、あまりにも広すぎるので現在でもまだ全容解明には至っていない。

さらに、最近発見された、研究施設時代の人間が書いたと思われる日記によれば、この地下迷宮にはまださらに下の階層が存在しているらしく、冒険者たちを驚愕《きょうがく》させた。

そんな地下迷宮で、この日も新たな発見がもたらされた。

「シャウナ殿……これは一体……」

「……皆目見当もつかないな」

地下迷宮を探索する冒険者たちのリーダーを務める銀狼族のテレンスがシャウナに尋ねるが、そのシャウナも困り顔で明確な答えを導きだせないでいた。

事の発端はとある銀狼族の冒険者が持ち帰った魔法アイテム。

これまでもいくつか魔法アイテムを持ち帰ってはいるが、今回見つかったこれは前例のないものであった。

小瓶に入った緑色の粉。

その色合いは、どこか毒々しさを感じる。

「も、もしかして、毒薬ですの⁉」

そう言って大騒ぎを始めたのは地下迷宮を漂っていた幽霊のアイリーンだ。

「どうだろうなぁ……」

テレンスとシャウナは揃《そろ》って首を捻《ひね》った。

「こ、これが一応説明書っぽいのですが……」

小瓶の発見者である銀狼族の若者は、そのアイテムの近くに落ちていた一枚の紙をシャウナへと渡した。しかし、その紙に書かれている文字はこれまでに見たことのないものであった。

「なんと書いてあるか……アイリーンは分かるかい？」

「サッパリですわ！」

清々《すがすが》しいまでに言い切られてしまった。

「帝国出身のアイリーンが知らないとなると……これはきっと、帝国で使用されていた暗号を使った文字のようだな」

「て、帝国の？　でしたら、解読するとなると骨になりますな」

「……いや、そうでもないぞ」

テレンスの懸念を、シャウナは一蹴する。

この暗号を解けるかもしれない人物に心当たりがあったからだ。


「それで、僕を呼んだのですね」

「君ならばこれを解読できるだろう？」

シャウナは、呼び出したフォルへ説明書と思われる紙を渡す。

フォルは受け取ったと同時にシャウナへこう告げた。

「見るまでもありませんね。それは一種の精神高揚誘発剤で、主に新米兵士に用いられる予定のものでした」

「何？　その目的は？」

「戦場での戦意喪失を防ぐためです。実際に戦場へ出た兵士はその苛烈さを前にして精神的に参ってしまう人もいるので」

サラッとフォルは言っているが、内容はあのシャウナが思わず顔を引きつらせるほどのものだった。

「人格の強制操作……まさか、ここでそのような物を作っていたなんて……」

ディーフォルに閉じ込められていたアイリーンでさえ、その話は初耳だった。

「ああ……褒められたものではないな」

「しかし、正式な導入には至りませんでした。望んでいた効果を発揮させることができなかったことが主な理由とされています」

「そうなのか？　じゃあ、この小瓶の中の粉は無害ということで問題ないと？」

「いえ、必ずしも無害というわけではありません。実験では、帝国側の思ったような結果が得られなかっただけで、摂取した人間をまったく違う性格に変えてしまったという実験結果は残っています」

「なるほど……ろくな代物でないということは分かったよ」

残念そうに語ったのはテレンスだった。

彼としては、驚くべき大発見のつもりだったのだろうが、結果として肩透かしを食らった形となってしまった。

「最近は魔除《まよ》けに使えそうなアイテムが多かったから、てっきりこいつもその類かと思っていたがなぁ……」

「ご期待を裏切ってしまったようで、申し訳ありません、テレンス様」

「ああ、いや、フォルが悪いわけじゃないんだから気にするな」

「ありがとうございます。これについては僕の方で処理をしておきますね」

「ああ、頼むよ」

シャウナは薬の入った小瓶をフォルへと渡した。

「僕はこれからマスターに同行してファグナス様のお屋敷に向かう予定です」

「ファグナス邸へ？　……ああ、例の新しい町を視察に行くと言っていたな」

「ええ。なので、薬に関する分析結果の報告は明日になると思いますが」

「いや、そこまで焦らなくていいよ。興味はあるが、君のペースでやってもらえればいい」

「分かりました」

フォルはシャウナとテレンス、そしてアイリーンに見送られて地下迷宮をあとにした。


この日、トアはフォルと共に新しい鉱山の町を視察する予定になっていた。

視察は、新しい町の状況を把握することと、町長や鉱山を管理する責任者といった要人たちとの顔合わせも兼ねている。領主のチェイスは別件で不在だが、重要な一日となるのは間違いないだろう。

だが、そんな肝心な日に、珍しくトアは遅刻していた。

「……遅いですね」

いつも時間には正確なトアだが、もしかしたら寝坊をしているかもしれない。

「様子を見てきますか」

これ以上遅れるのはまずいので、とりあえず、フォルがトアの部屋を訪ねようと一歩踏み出したまさにその時、ようやくトアが姿を見せた。

「ご、ごめんね、フォル。待たせちゃって」

「いえ、準備に手間取られていたよう――マスター、大丈夫ですか⁉」

トアの顔を見たフォルは慌てて駆け寄った。

「へ？　何かあった？」

「何って……顔が赤いですし、呼吸も乱れていますよ！」

「え？　そう？」

本人は何も感じていないようだが、トアの顔は紅潮しており、目もトロンとしている。誰がどう見ても普通ではない状態であった。

「マスター……風邪を引いたのでは？」

「風邪？　はは、まさか」

フォルはトアの変化が風邪の症状から来るものであると推察したが、当のトアはそれを笑って否定する。

しかし、そんな思いとは裏腹に、トアの足元は左右に大きくふらついていて見ていられない状態だった。

明らかに自覚症状が出ているはずだが、トアは頑《かたく》なにそれを認めない。ここまで無理をするには訳がある。

「今日はファグナス様から頼まれている鉱山の町の視察だからね。気合を入れていかないと」

「ですが、当のファグナス様は別件で不在です。体調が優れないのであれば、日を改めてもよいかと。住民の移住が開始されるのはもうちょっと後のようですから」

「大丈夫だよ。町の様子を舐《な》め回《まわ》して空を飛びながら明日はきっと大雪だ」

「ただいまの支離滅裂な発言の中に大丈夫な要素が何ひとつ見つかりません。ただちに休息をとってください」

体調不良は思考にまで大きな悪影響を及ぼしていた。

◇　◇　◇

「風邪じゃな」

フォルによって強制的に自室へと戻されたトアは、ローザからそう診断された。

「とはいえ、ワシも専門職というわけではないから、あまり確かなことは言えんがのぅ」

「日頃の疲れが出たのかもしれませんね」

「それも考えられるな。ほれ、とりあえずこれを飲んでおけ。大地の精霊たちからもらってきた薬草で作った薬じゃ」

「ありがとうございま――ごほっ！　がほっ！」

咳《せ》き込《こ》み、鼻をすすりながらも、トアはなんとか液体の薬を飲みほした。

徐々に声のボリュームも小さくなっていき、顔色も悪くなっている。

「僕に病気に関する情報が搭載されていないことが悔やまれます」

「お主は元々戦闘用じゃしなぁ」

「料理のレパートリーは百種類を超えているのですが」

「むしろなぜそれが採用されたんじゃ……」

フォルの無駄スペックはさておき、ローザはトアにベッドで休むよう伝える。

「チェイスや他の村民にはワシの口から言っておくから、お主は安静にしておれ」

「それでは、何かありましたら遠慮なくお呼びください」

「ありがとう……」

トアはローザとフォルに礼を述べると、静かにまぶたを閉じた。


「う〜ん……あれ？　もう夕方か」

自室のベッドで横になっていたトアは目を覚ました。

上半身だけを起こし、すぐに自身の体調面について確認をしてみる。

頭痛や吐き気などはないし、喉の痛みもだいぶ和らいできた。

「薬が効いたみたいだな。さすがはローザさんだ」

トアは窓の外へ視線を移す。

橙色《だいだいいろ》に染まる空の下で元気に遊んでいる王虎族や銀狼族の子どもたち。その無邪気なはしゃぎ声に、トアの表情は思わず綻んだ。

しばらくすると、部屋の扉をコンコンとノックする音が。

「はい」

「あ、もう起きているのね。入っていい？」

声の主はクラーラだった。

「いいよ」

「じゃあ……お邪魔するわね」

トアの体調を気遣ってか、いつもに比べて随分と静かに入室。

「体の方はどう？」

「だいぶ良くなってきたよ」

「そう。よかった……ローザさんから倒れたって聞いた時は心配したのよ？」

「ごめん……でも、この通り、かなり回復したよ」

トアは胸を叩いて健康ぶりをアピール。

「食欲はある？」

「言われてみればちょっとお腹《なか》空いてるかも」

「！　じゃ、じゃあ、今ご飯持ってきてあげる！」

トアが空腹であることを知ると、クラーラはパッと笑顔に変わって食事を取りに部屋を出ていった。

「クラーラ……やけに嬉しそうだったけど、もしかして自分で作ったのかな」

ふと、お月見の団子作りを依頼しに行った際、クラーラが女の子たちと一緒に料理の勉強をしていたことを思い出す。もしかしたら、その成果を見せようとしているのかもしれない。

以前、ご飯を作ってくれたことがあったが、あの時は骨付き肉を焼いただけというなんともクラーラらしいダイナミックな料理だった。

そこからの上達を目指しているらしいが、その成果は現段階で未知数だ。

「まさか、ね……」

トアの頬《ほお》を嫌な汗が伝った。

——五分後。

「お待たせ！」

勢いよく扉を開けたクラーラの手には料理が載った皿があった。

「体を元気にしてくれる薬草を使った料理よ」

「そ、そうなんだ」

どうやら、きちんと考えられた料理らしい。

だが、その希望はすぐに摘み取られた。

「薬草の効果を染み込ませた特製骨付き肉よ！」

皿からはみ出さんばかりの肉が薬草に巻かれており、緑色の毒々しい色をしている。半分予想通りの料理だった。

「えっと……あ、ありがとう」

料理自体はともかく、クラーラが自分のために作ってくれたもの。これを無下に扱うわけにはいかない。お腹は空いているわけだし、と覚悟を決めて一口食べてみる。

「！　おおっ⁉　食べやすい！」

「この前、屍《しかばね》の森で採ってきた果物も使って食べやすいようにしてみたんだけど……成功だったみたいね」

「うん！　ありがとう、クラーラ！　おかげで元気が出たよ！」

「い、いいのよ、別に。村長であるトアには元気でいてもらわないと。——あ、そろそろ交代の時間になるわね」

「へ？　交代？」

一体何を交代するのか——聞く間もなく、クラーラは「次はジャネットだから」といって部屋の外へ出て行ってしまった。

それから数分後。

「トアさん、失礼します」

次にやってきたのはクラーラの言葉通りジャネットだった。

「クラーラさんから聞きました。もうだいぶ良くなったって」

「うん。おかげさまでね」

「それは良かったです。でも、まだ安静にしていてくださいね。こういうものは治りかけが一番危ういですから」

「肝に銘じるよ」

簡単な会話を繰り広げた後、ジャネットはおもむろに小さな袋を取り出す。

「これは？」

「中には要塞村図書館の新刊が入っています。トアさんが気になっていた作品の最新作をローザさんが仕入れたらしくて、持ってきました」

「えっ⁉　本当⁉」

読書家でもあるトアにとって、これほど嬉しい差し入れはない。

「あ、でも、無理して読んで体調を悪化させないでくださいよ？」

「もちろんだよ。ありがとう、ジャネット」

「い、いえ、そんな……え、えっと、そろそろ交代します！」

トアに真正面からお礼を言われたジャネットは赤面し、恥ずかしさからか、逃げるようにその場を立ち去った。

その去り際に言い放った「交代」の言葉。

ということは、まだ他にも来客があるらしい。

数分後。

「トア様、失礼します」

次にトアの部屋を訪ねてきたのはマフレナであった。さすがにいつものようなハイテンションではなく、静かに入ってくる。

「今度はマフレナか。どうしたの？」

「わふっ。汗をかいたでしょうから、体をお拭きします」

「確かにベタベタしているけど……服を脱ぐのはなぁ……まだちょっと寒いし」

それは本音と建前が入り混じった理由だった。

寒気がするというのは本当だが、それよりもさすがに、女の子であるマフレナの前で服を脱ぐのは抵抗があった。

「大丈夫ですよ、トア様」

「へっ？」

「この尻尾を使ってください！」

トアが断るだろうということは事前に予想していたマフレナは、最終兵器ともいうべき自身のもふもふした尻尾を差し出す。

「ぐっ⁉」

初対面の際、トアはこのもふもふに完全敗北を喫している。

その忘れがたい温《ぬく》もりが今また、トアの精神を支配しようとしていた。

「おぉ……」

「さあ、私の尻尾に身を委ねてください。存分にもふもふしてください。そうしている間に全部終わっちゃいますから」

「あ、ああ……」

導かれるまま、トアはマフレナの尻尾へダイブ。

「気持ちいいですか、私の尻尾？」

「うああ～……」

「ふふ、今のうちに体を拭いちゃいますね」

マフレナの問いかけにまともな返答ができないほど、トアはもふもふに魅了されていた。

もふもふもふもふもふもふ……。

あまりの気持ちよさに、トアの意識は段々と薄れていく。さっき起きたばかりだというのにまたも強力な眠気が襲ってきた。マフレナの尻尾にその身を預けてまぶたを閉じる。

「……っ⁉　し、しまった……寝入っちゃった」

次にトアが目を覚ますと、すでにマフレナの姿はなかった。

代わりに、第四の来客の顔が目の前にある。

「あっ、ようやく起きた？」

エステルだった。

「エ、エステル⁉」

「静かにしてなくちゃダメよ？　病み上がりなんだから。それに、もう夜も遅い時間だし」

「しー」と人さし指を口元に当てて注意をするエステル。その時、トアは初めて自分がどのような状況であるかを理解した。

今、自分はエステルに膝枕をされている。

「トアはいつも頑張りすぎちゃうところがあるから気をつけてよ？　今日みたいに倒れられたら、心配で仕事が手につかないんだから」

「ぜ、善処します」

「ふふ、じゃあ許してあげる」

ニコッと微笑《ほほえ》むエステル。

こうしていると、なんだかシトナ村にいた頃を思い出す。

それはエステルも同じだった。

「覚えている、トア？　私が高熱を出した時、トアは森に入ってたくさん薬草を採ってきてくれたよね」

「ああ……あの時は焦ったよ。何日も熱が下がらないっておばさん取り乱していたし」

「なんでもないただの風邪なんだけどね。お母さん、心配性なところがあったから」

「物知りな木こりのスペックさんに必要な薬草の種類を教えてもらいに行ったなぁ。父さんが知りたがっているって嘘《うそ》を吐いてさ」

「それで勝手に森へ入って行っちゃって行方不明扱いだもんね。村が私の風邪以上に大騒ぎになったのを今でも覚えているわ」

「そうそう。後で父さんに死ぬほど怒られたけど、完治したエステルが庇《かば》ってくれたんだよね？」

「私のために頑張ってくれたのに、怒られているのが可哀想《かわいそう》になっちゃって」

ふたりは昔話に花を咲かせる。

もし、魔獣が村を襲わなかったら、今もあの頃のような生活をしていただろう。

クラーラやマフレナたちに出会わず、トアは木こり見習いとして森へ入り、エステルは家事をしてその帰りを待つ。《大魔導士》にも《要塞職人》にもならず、両親も村人も健在のまま、普通の人間として暮らす未来もあったはずだ。

だが、今こうして他の種族の仲間たちと暮らしている未来も捨てたモノじゃない。とても楽しい日々だと心から思える。

トアとエステルはその後も故郷の話をしたり、要塞村での出来事を話したりと、楽しい時間を過ごしながらふたりだけの空間を楽しんでいた。

◇　◇　◇

翌朝。

「ローザ様の話によると、昨日は女性陣が代わる代わるマスターの看病をしたようですが……容体はどうでしょうか」

昨日、トアが風邪で寝込んでいることを知ったエステル、クラーラ、マフレナ、ジャネットの四人は、看病へ行くと言っていろいろと準備をしていたようだが、それをローザが制止した。

四人は病人の看護などほぼ初めての経験だという。

それでも、トアが心配で仕方がないというので、ローザは極力トアの負担にならないよう、四人それぞれが交代で看病するよう告げ、心構えをレクチャーした。

そんなローザの努力の甲斐《かい》もあってか、トアはすっかり元気を取り戻したようだ。

「本当になんともないんですか、マスター？」

「心配性だなぁ、フォルは」

フォルは未《いま》だに心配なようだが、トアはいつもと変わらぬ調子だった。

「元気になったから、今日は新しい町の視察に行こうと思っているんだけど」

「それでしたら、ファグナス様が日程を調整して一緒に行こうと仰《おっしゃ》ってくれましたよ。近々、お屋敷からの使いがこの村へ来るでしょう」

トアとフォルはいつもと変わらないやりとりをしながら、要塞内を歩いていく。

——異変が起きたのはドワーフたちの工房へ立ち寄ろうとした時だった。

「あら？　トアさんにフォル」

工房の入り口前でジャネットと遭遇。

「ああ、ジャネット様——」

フォルがトアのことについて説明しようとするが、それよりも先にトアが動きを見せた。

「え？　ト、トアさん？」

無言のまま早足気味にジャネットとの距離を詰めると、ニコッと微笑む。そして、おもむろにジャネットの右頬へ手を添えると、顔を近づけて思わぬ言葉を囁《ささや》いた。

「やあ、ジャネット……君は今日も可愛《かわい》いね」

「⁉」

「綺麗《きれい》な紫色の髪に知性を表すメガネ……いつまでも見つめていたいな」

「⁉⁉⁉」

ジャネットだけでなく、フォルも何もされていないのに思わず兜《かぶと》がポトリと地面に落ちるほどの衝撃を受けた。慌てて拾い上げて装着すると、フォルはトアの真意を聞きだすべく尋ねた。

「ど、どうしたのですか、マスター⁉」

「何を驚いているんだ、フォル。ジャネットが可愛いから可愛いと言ったまでじゃないか」

さも当然のことだと言わんばかりのトア。

仮に、本心からそう思っていても、なかなか口にできないのがトア・マクレイグという少年である。

「！　か、可愛いって……」

一方、ジャネットは真正面からストレートに「可愛い」と言われて放心状態に陥っていた。顔はまるで精霊族特製のトマト並みに赤くなっている。

「……ねぇ、フォル」

「な、なんでしょうか、マスター」

思考停止になっているジャネットの頭を撫《な》でながら、トアは静かに語り始めた。

「俺は今まで何をやっていたんだろうなぁ」

「……と、言いますと？」

「この要塞村はジャネットの他にも魅力的な女の子で溢《あふ》れている。それなのに俺って男は誰にもそのことを伝えていなかった。男として不甲斐《ふがい》なく感じるよ」

「い、いえ、マスターのそういう誠実なところが、みなさんからの信頼を得ている要因となっていると僕は思います」

「誠実？　可愛い女の子に可愛いと言わない方がずっと不誠実だろう？　その証拠に見てごらんよ……ジャネットは凄く幸せそうだ」

「うあ～……」

確かに、撫でられているジャネットは惚《ほう》けた顔をしていた。

「マスターが他の女性に今のような態度を取ったらシャレにならなくなります！　特に約三名に関してはは本当にシャレになりません！」

その三名とはトアへの好意を剥《む》き出《だ》しにしているエステルとクラーラとマフレナだ。

「フォル……俺は過去の行いについて悔い改めるつもりだ」

「過去の悔いを改めるより、今の言動を改めてください！　お願いですから！」

フォルの必死の説得が続くが、今のトアにはまるで届かない。

「俺はこれまで胸に秘めてきたこの滾《たぎ》る想《おも》いをすべて伝えに行く。それが村長としての……いや、男としての務めだと思うんだ」

「いやホント勘弁してください……とんでもないことになりますから」

このままではまずい。

そう判断したフォルは、なんとかトアを止めようと「申し訳ありません！」と断ってから魔法を使用した。何本もの眩《まばゆ》い光のリングが、トアの体を拘束するため迫る。だが、そのすべてをトアは叩《たた》き落とした。

「ぐっ……」

「無駄だよ、フォル。君に神樹の魔力を得た俺を止めることなどできはしないさ」

味方の時は頼もしいが、敵（？）に回るとここまで手強《てごわ》いとは。

「くくく……では失礼するよ」

トアは不敵な笑みを浮かべてそう言うと、全力疾走でその場をあとにする。

「マスター‼」

フォルの言葉になんの反応も示さず、トアは深い森の中へと姿を消した。

「これは由々《ゆゆ》しき事態ですね。今の状態のマスターがエステル様やクラーラ様、それにマフレナ様と会ってしまったら……」

その先に待つ修羅場を想像して、フォルは戦慄した。

「……そうなるよりも先に手を打たなければ！」

これ以上、ジャネットのような被害者を出さないためにも、トアの暴走を食い止めなければならない。

「しかし、なぜあのような暴走を……」

トアを捜しながら、フォルはトアの身に起きた異変の原因について考えていた。

いくらなんでも、たった一晩であのように性格が変わってしまうというのは、普通では考えられない。何か原因があるはずだと考えた。

「まるで人格が別人になったような――」

そこまで言って、フォルは気づいた。

「まさか……」

昨日、地下迷宮で見つかったあの薬。

帝国が極秘裏に完成させた、人格矯正薬をトアが誤って飲んでしまったのではないか。

「とにかく、確認してみましょう」

フォルは急いで調理場へと向かう。

調理場は、朝食を用意する奥様方ですでに大きな賑わいを見せていた。

「すみません！　確認したいことがあるので！」

忙《せわ》しなく料理をする奥様方をかき分けて、フォルが目指したのはクラーラが調理の練習をしていた場所。そこに、フォルが捜し求めていた物があった。

「これでほぼ確定ですね……」

見つけたのは空の小瓶。

そう。

地下迷宮でシャウナたちが持ち帰った、例の薬が入っていた瓶だ。

ローザの話では、昨日トアに料理を振る舞ったのはクラーラだという。そうなってくると、恐らく、クラーラが誤って例の薬を調味料として使った可能性が高くなる。

「恐れていた事態が現実のものになるとは……」

「どうしたんじゃ、フォル。深刻そうな声をして」

落胆するフォルのもとに現れたのはローザだった。

「ローザ様！　ちょういいところに！」

まさに救いの女神だと、フォルは早速ここまでの事情をローザへと話した。

「と、いうわけで、他の女性と接触する前に、なんとかマスターを止めたいのです」

「ふむ。大体の事情は察したぞ。ともかく、今は暴走しておるトアの身柄を確保する方が先決じゃな」

「しかし、僕の魔法では歯が立たず……」

「ならばワシが行こう」

世界最高の《大魔導士》として枯れ泉の魔女自らトア捕縛のため乗り出すという。

「お手数をおかけして申し訳ありません」

「何、たまにはこうした刺激的なイベントも悪くはない。それに、トアの実力を知ることもできるからのぅ……楽しみじゃよ」

ニヤッと口角を上げて指をパキパキと鳴らす世界最強クラスの魔女。

頼もしい反面、その好戦的な態度が吉と出るか凶と出るか……多少の不安を残しつつ、フォルとローザは調理場から外へと出た。

暴走するトアを捜すフォルとローザは、その途中でバッタリと思わぬ人物と遭遇する。

「おお！　これはフォルにローザ殿ではありませんか！」

めちゃくちゃテンションの高い銀狼族のまとめ役ジンであった。

「どうしたのじゃ、ジンよ。いつにも増して暑苦しいぞ」

「はっはっはっ！　こいつは手厳しい！」

近くにいるだけで汗が出てきそうなほどの熱量を持ったテンションに、フォルとローザは嫌な予感を拭い切れなかった。

「つかぬことをお聞きしますが、ジン様はなぜそんなに暑苦し……もとい、テンションが高いのでしょうか」

「よくぞ尋ねてくれたよ！」

さらにテンションが高くなるジン。

フォルとローザの不安はますます高まっていく。

「実は先ほどトア村長が私の愛娘《まなむすめ》であるマフレナへ何度も愛の言葉を囁いたのだ！」

「「…………」」

予感が的中して固まる甲冑《かっちゅう》兵と幼女。

そんなふたりの様子など目もくれず、ジンはついさっき起きた出来事について熱く、そして嬉《うれ》しそうに語り始めた。

「金狼状態をキープするための特訓をしていると、いきなり村長が現れ、マフレナの方へ真《ま》っ直《す》ぐ進むとこう言ったのだ……『マフレナ、今日も可愛いね。その煌《きら》めく銀髪と元気いっぱいの笑顔に俺はいつも癒《いや》されているよ』と」

「声マネとかしなくていいですから」

「その後もとにかくマフレナを褒めまくった……父である私の目の前で！」

目を血走らせながら語るいろいろと拗《こじ》らせた狼《おおかみ》男《おとこ》。その迫力に、さすがのローザも引き気味だった。

「そ、それで、肝心のマフレナはどうしたのじゃ？」

「褒められすぎて恥ずかしくなったのか、金狼状態のまま部屋に閉じこもっています」

「なんとか無事……とは言いきれませんね」

すでにふたり目の被害者が出ていたようだ。

ともかく、マフレナだけでなくジンも誤解をしているようなので、これまでの経緯をサクッと説明する。

「そ、そんなことが……」

「というわけじゃから、その言葉が本心かどうかは判断しかねる」

「ぐぬぬ……すでに孫の名前を五通りほど考えたのに」

「ジン様、いくらなんでも気が早すぎます」

「大体、普段のトアの様子を見ていたら、そんな歯の浮くようなセリフがポンポンと出てくるとは思わんじゃろ」

「はっ！　い、言われてみれば！」

舞い上がっていたジンは、ローザからの的確な指摘を耳にして冷静さを取り戻した。

その後、ジンも加わり、要塞村にいる女性たちの安否を確認していったが、意外にも全員がトアと接触しなかったと語った。

「どうやら、トアは標的を絞っておるようじゃのぅ」

「だとしたら、次に狙われるのは……」

難しい顔をして腕を組むジン。

だが、そんなジンを見てローザとフォルは笑い合う。

「……決まっておるじゃろう」

「……ですよね」

ここまでくれば、もう次のターゲットは分かったも同然だからだ。

「マスターの狙いはほぼ間違いなく……エステル様とクラーラ様！」

「そう見るのが妥当か」

「……しかし、ジャネットやマフレナへ甘い言葉を囁いておきながら、他の女子たちにはまったくそういった素振りがないというのは不可解だな。トア村長は一体何を基準に口説く相手を選んでいるのか……」

「皆目見当もつきませんね。ただ、流れからして次に接触を試みるのは……ほぼ間違いなくエステル様とクラーラ様だと思われます。なんの根拠もありませんが、そう思えるのです」

「ふむ。……それで、あのふたりは今どこにおるのじゃ？」

「確か、近くで魔法と剣術の修行を一緒にやっているはずです。あ、そろそろこちらへ戻って来る時間ですね」

エステルとクラーラが一緒に修行をしていて、この要塞村に戻ってくるとなると、そのルートはひとつに絞られる。それは当然トアも知っているので、ふたりに接触するなら恐らくその場になるだろう。

「そうと決まったら、トアがふたりと接触する前に身柄を確保するぞ」

「はい！」

「おう！」

ローザはフォルとジンを率いて、トア捕獲のため目的の場所へと急いだ。

◇　◇　◇

キシュト川の畔《ほとり》から要塞村まで続く一本道。

ドワーフたちが、川で漁を行うモンスター組のために整備したその道を通って帰ってくるはずのエステルとクラーラ。

そこで、トアがふたりを待ち構えている可能性が高いと睨んだローザたちは、目的地を目指しながら森の中でトアが潜んでいないか目を光らせる。

だが、結局トアの存在は確認できぬまま川の近くまで来てしまった。

すると、道の向こうからふたつの人影が。

「エステル様とクラーラ様が並んでこちらへ向かってきますね」

「……トアの狙いは、あのふたりではなかったのか？」

未《いま》だに姿を見せない暴走トア。

それならば好都合。

すぐにエステルとクラーラに暴走トアの件を説明すれば、余計な誤解を生まなくて済む。

ローザたちがふたりに近づいていこうとした時、前方十メートルほどにある茂みが大きく揺れたかと思うと、そこからトアが飛び出してきた。

「マ、マスター⁉」

「しまった！　あんな場所から飛び出してくるなんて⁉」

「完全に虚を衝《つ》かれたのぅ……」

フォルたちを出し抜き、エステルとクラーラの前に立つトア。

「あら、トア。どうしたの？」

「私たちを迎えにきてくれたのかしら？」

エステルとクラーラがそれぞれ突如現れたトアへそう話しかける。それに対し、トアはキザったらしく前髪をかき上げてふたりを見つめた。

「エステル……クラーラ……君たちは最高だ」

「「!?」」

突然トアから絶賛されて硬直するふたりの少女。

「エステル、君の明るい笑顔に、俺はシトナ村にいた時からずっとドキドキしっぱなしだ」

「ト、トア?」

「クラーラ、初めて会った時から、俺は君の長く美しい髪と空色の瞳に釘付《くぎづ》けなんだ」

「えっ?　えっ?」

その後もペラペラと淀《よど》みなく褒め称《たた》える言葉が容赦なく放たれた。

「ああ……恐れていた事態が現実のものに……」

その光景を眺めていたフォルは打ち震える。ここでトアがふたりを同時に褒めたなら、エステルとクラーラはどのような反応を示すだろう。トアの態度に対して嫌悪感を示すか、或《あるい》は褒められているもうひとりに対して良からぬ感情が芽生えるのか。

いずれにせよ、好ましくない結果が待ち構えている。

それがフォルの見解であった。

――しかし、実際はまるで違っていた。

「トア……あなた変な物でも食べたの?」

自分の料理を棚に上げて言うクラーラ。

「だとすれば絡んでいるのはシャウナさんあたりね」

呆《あき》れた様子のクラーラと心配そうにするエステル。

まったく予想外の反応だったのか、ジャネットやマフレナたちとは逆にトア自身に困惑の色が窺《うかが》えた。その隙を、ローザは見逃さない。

「悪いのぅ、トア。少しの間大人しくなっていてもらうぞ」

ローザは背後からトア目がけて催眠魔法を放つ。トアは呆然《ぼうぜん》としていたため、フォルの拘束魔法の時のように打ち消されることもなく、あっさりと眠ってしまった。

「ど、どうして……？」

フォルは動揺していた。

トアへの好意は要塞村でも随一のふたりが、なぜ取り乱さなかったのか。しかも、フォルが疑問視をするのはそれだけではない。

これについては直接確認しようと、エステルとクラーラに尋ねた。

「おふたりはマスターの身に異変が起きたことを察知していたようですが……なぜそれを見抜けたのですか？」

真剣な口調で聞いてくるフォルに、エステルとクラーラは不思議そうに顔を見合わせたかと思うと――ぷっ」とほぼ同時に噴き出した。

「変なことを聞くのね、フォル」

「あんなのどう考えたって、いつものトアじゃないでしょ」

まともに対応できなかったジャネットやマフレナとは違い、エステルとクラーラは普段のトアとの違いを見極めていた。

「それをほんの一瞬で見抜くとは……感服いたしました」

「何よ、今日は随分と殊勝じゃない」

「エステル様とクラーラ様のマスターを想《おも》う愛の深さに僕は大変感銘を受け――」

ドガッ！

急に恥ずかしくなったのか、顔を真っ赤にしたクラーラとエステルの強烈なダブル右ストレートは的確にフォルの頭（兜《かぶと》）を撃ち抜いた。

その後、催眠魔法から目覚めたトアはいつもの調子に戻っていた。

どうやら、例の薬は制限時間つきのものだったらしい。

また、その薬を調味料と間違えて料理に混ぜたことをクラーラは認めた。緑色の粉末を何と見間違えたのかというフォルの質問にはだんまりを決め込んでいたが、のちにコショウと間違えたことがエステルを経由して発覚した。

ちなみに、トアは女性陣にしたことを何も覚えていなかったが、ジャネットやマフレナはしっかりと覚えているため、しばらくの間はぎこちない空気が流れるようになったのだった。

閑話　脱出！　フェルネンド王国

フェルネンド王国聖騎隊は、セリウス王国侵攻へ向けて着々と準備を進めていた。

兵士たちの士気は高く、皆手柄を立てようと日々の稽古にも自然といつも以上に気合が入る。

一部の兵士からはセリウス侵攻に対して批判的な意見も根強く残っているが、それらはディオニス・コルナルドの手によってもみ消された。

次第に、侵攻反対派は淘汰《とうた》されていき、聖騎隊幹部はディオニスを支持する者たちで固められるようになっていったのだった。

◇　◇　◇

「くそっ！」

エドガーはフェルネンド王都の中央通りを歩きながら、「ちっ！」と舌打ちをしてから小さな石を蹴飛ばす。

苛立《いらだ》ちの原因は、最近の聖騎隊の動きについてだ。

所属している騎士たちの多くが、私利私欲を満たすことが行動原理になりつつある現状を嘆いていたのだ。

「まったく……何を考えてんだ」

せっかくの休日だというのに、なんだか気分は晴れない。

残念ながら、今回はネリスやクレイブと一緒に休めなかったので、部屋にこもり続けるより、気晴らしに外へ出ようと思ったが、どうにもうまくいかない。最近はひとりだとこういう暗い考えに浸りやすかった。

何かスカッとすることはないかとさらに王都を歩き回る。

と、不意に誰かとぶつかった。

「おっと、すま――あれ？」

確かに誰かとぶつかった感覚はあったので謝ったが、すでに人影はなかった。気のせいかと歩きだそうとした時、自分の胸ポケットに一枚の紙切れが押し込まれていることに気づく。先ほどぶつかってきた者の仕業らしい。

「……随分とまた奥ゆかしいラブレターの渡し方じゃねぇかよ」

いつもの軽口をたたきつつ、紙の中身をチェックしてみる。

【空が夕暮れに染まる頃、第五武器庫へ来るように】

「第五武器庫？」

フェルネンド王国聖騎隊が所有する武器庫は、全部で四つ。第五武器庫など存在しないはずだから、ただのイタズラか。そう思って、紙を投げ捨てようとしたまさにその瞬間だった。

「第五……っ！　あそこか！」

手紙が示す場所に見当のついたエドガーはそこへ向かって走りだした。


「はあ、はあ、はあ……」

いつもバッチリ決めている髪型を乱し、吐く息も荒々しくなっているエドガー。

空がオレンジ色に染まり始める頃にたどり着いたそこは、フェルネンド王都から少し離れた場所にある小川。

そのほとりには小さな小屋があった。

ここはまだ養成所にいた頃――つまり、トアやエステルと一緒にいた頃、休みの日によく遊んだ場所。ふざけて名付けた自分たちのいわば秘密基地。そこを第五武器庫と呼んでいたことを思い出したのだ。

「しっかし、こんな回りくどい呼び出し方をするのは……誰だ？」

クレイブかネリスか。

「……まあ、入ってみりゃ分かるな」

一度深呼吸を挟んでから、エドガーは小屋の扉を開ける。

そこにいたのはクレイブとネリスだった。

「なんだ、おまえたちふたりで俺を呼びだしたのか」

そう言いながら室内へと入っていくエドガーだったが、ふたりの反応はまったく予想外のものであった。

「何を言っているのよ。私たちを呼んだのはあなたでしょう？　一体なんなのよ、わざわざこんな場所まで呼び出して」

「ここでなければ話せないことなのか？」

クレイブとネリスはエドガーが呼び出したと思っているらしいが、当のエドガーも呼び出された側だ。

「いや、俺も呼び出されたんだよ。てっきり、ふたりのどちらか——あ、もしかしてトアかエステルじゃねぇか？」

「——いや、君たちを呼んだのは私だ」

突如聞こえてきた四人目の声。

エドガーたちは慌てて小屋を見回すが、次の瞬間、入口の扉の外に人の気配を感じる。

「以前、ネリスから聞いた通り、ここは君たちにとって特別な場所のようだな」

勢いよく扉を開けたエドガーだが、そこに立っていた人物の顔を目の当たりにした途端にその威勢はあっという間に萎《しぼ》んでいった。

「ハーミッダ大臣……あんただったんすね……！」

「お、お父様⁉」

ネリスが叫ぶ。

小屋の外にいたのはネリスの父であり、大臣のフロイド・ハーミッダであった。

唐突な大物の登場に、三人は何が起きているのかサッパリ理解できないでいる。だが、この場をさらに混乱させる人物がもうひとり現れる。

「君たちの混乱はもっともだ。しかし、どうか落ち着いて聞いてもらいたい」

「！　お、親父《おやじ》!?」

フロイドの後ろから姿を見せた小太りの中年男性――その正体はエドガーの父である大商人のスティーブ・ホールトンであった。

さらに、もうひとり。

「あまり大声を出すな。これは密会なのだからな」

「へ、ヘルミーナ隊長まで……」

三人にとって直属の上司であったヘルミーナの姿もあった。

町外れにある狭い小屋に大御所ふたりと元上司が集った理由。

それは、先ほどヘルミーナが口にした、非公式の集まりであることが絡んでいた。

「一体何がどうなっているのか、未《いま》だによく分かっちゃいないが……俺たちに何の用があって集めたんだ、親父よ」

「それは私が答えよう」

ネリスの父であるフロイドが一歩前に出た。

「君たちは……このまま戦争に参加する気か？」

ネリスの父であるハーミッダ大臣の言葉に、三人は困惑の表情を浮かべる。それは今日までずっと悩み続けてきたものだった。

「親の立場など考えず、本音を聞きたい。――それによっては、君たちに新しい働き場所を提案するつもりだ」

フロイドの言葉に、クレイブが反応する。

「新しい働き場というのは？」

「うむ。その場所は……セリウス王国にある」

「「「!?」」」

三人は驚きで目を丸くする。

セリウス王国といえば、まさに今、フェルネンド王国聖騎隊が、大軍勢を率いて攻め込もうとしている国だからだ。

「私が懇意にしている、セリウス王国ファグナス家の領地に新しく鉱山が見つかり、そこに町を作る計画があるのだが……ハイランクモンスターのうろつく屍《しかばね》の森の近くということもあって、自警団を設置しようと思っているらしいんだ。今そこで働いてくれる勇気ある戦士を募集しているんだよ」

「……セリウスへの移住というわけですか」

ネリスが言うと、フロイドは静かに頷《うなず》いた。

それからしばらくの間、その場は沈黙に包まれる。

三人とも、聖騎隊に思うところはある。

このまま所属し続ければ、有望株の三人は間違いなく前線での戦闘を任されるだろう。

果たして、それが自分の望んだ聖騎隊の一員としての姿なのか。

重苦しい空気が流れる中、それを切り裂くように口を開いたのはネリスだった。

「お受けします」

ストレートに自身の決断を告げた。

「私が聖騎隊に入ったのは魔獣に苦しむ人たちをひとりでも多く救うためです。断じて戦争をするために入ったわけではありません」

堂々と自分の気持ちを言いきるネリス。

それに触発されたのはエドガーだった。

「俺もネリスとまったく同じ気持ちっす。俺は……魔獣を一匹でも多くぶっ倒すために聖騎隊へ入ったんだ。戦争なんて御免っすよ！」

「よく言ったぞ、息子よ！」

戦争への参加を拒否した息子エドガーの決断を喜び、肩をバシバシ叩《たた》きながら称《たた》える父スティーブ。

そして、最後のひとり。

「君はどうする……クレイブ・ストナー」

「…………」

フロイドから問われても、クレイブは沈黙。

この場に唯一来ていない父親。

しかし、それは立場上仕方のないことかもしれない。戦神の異名を持ち、古くからフェルネンドを支えてきた名家。その人間が、フェルネンドを捨てて別の場所へ働きに出るというのは相当な覚悟が必要だろう。

もしかしたら断るかもしれないとも想定していたフロイドだが、クレイブの出した答えはその「もしかして」を否定するものだった。

「俺も……戦争には反対だ」

ストナー家の人間としてではなく、クレイブ・ストナーというひとりの人間が導き出した答えだった。

「百歩譲って、防衛ということならまだ理解もできるが、今回の戦争は相手側に何も非がない、ただの侵略……そこに正義はない。ストナー家の教えは基本的に厳しいものだが同時に義を重んじる心得もあった。今の父は、その教えを完全に見失っている」

クレイブはフロイドへと向き直り、深々と頭を下げた。

「自警団の話……お受けします」

「よし！　そうと決まったら、とっととここを出るぞ」

パン、と手を叩いてササッと指示を出すスティーブ。商人だけあって、その手際の素早さはさすがの一言だ。

「よし。ここで一旦別行動を取るとしよう。今から二十分後に寮へホールトン商会が管理する馬車を向かわせる。おまえたちはその馬車の荷台に身を潜めておけ」

「我々も、諸々《もろもろ》の準備を整えたら君たちの後を追ってセリウス入りをする。先に向こうで待っていてくれ」

「分かりました」

　フロイドからのメッセージを受け取ったクレイブたちは、移住へ向けての準備を開始した。

◇　◇　◇

　この日、ディオニス・コルナルドは護衛隊に守られながら王都近くの森にある大きな洞穴へと足を運んでいた。

　フェルネンド王国によるセリウス王国への侵攻が正式に決定してから、聖騎隊は武器の調達や隊の再編制など、準備に追われていた。

　そんな中、ディオニスは作戦成功の鍵を握る人物へ直接会うため、この森を訪れたのだ。

　フェルネンド国家の中でも高い地位にいるディオニスがわざわざ自ら足を運んで会いに来た人物とは、かつて英雄と呼ばれた存在。

　八極のひとり――赤鼻のアバランチだ。

「アバランチ殿！　セリウス侵攻が決定したことをご報告に参りました！」

護衛隊のリーダーを務めるオルドネスが叫ぶと、洞穴の奥から声が聞こえた。

「うあ～？　聖騎隊か～？」

あくびを噛《か》み殺《ころ》しながら眠そうな声で呟く大きな男が、洞穴から出てくる。

「うおぉ……」

「これがあの……赤鼻のアバランチ……」

「なんてデカさだ……」

護衛隊の騎士たちは、優に十メートル近いアバランチの巨大さを目の当たりにして開いた口がふさがらない。巨人族という名は伊達《だて》ではなく、人間など軽く捻《ひね》り潰してしまいそうな体格差であった。

そのアバランチを前に動じる様子もなく、ディオニスが一歩前に出て告げる。

「セリウス王国への侵攻は明日に決まった」

「明日、か。急だな」

「申し訳ない。だが、こちらもいろいろと準備があってね。何か不都合でもあるかな？」

「いやぁ、特にねぇよ。ただ――」

「ただ？」

「早く暴れたいだけだ」

アバランチは「がっはっはっ！」と豪快に笑う。そのうるさすぎる声に、ディオニスや騎士たちは思わず耳をふさいだ。

「あなたが協力をしてくれたら百人力だ。我らの勝利は約束されたも同然」

「ふん！　百人なんてケチ臭ぇ！　五千人力と思ってくれていいぜ？」

アバランチは黒蛇のシャウナらと同じく、前線で敵を蹴散らす戦闘分野のスペシャリスト。その実力はさまざまな歴史書に記されており、それを知る者ならば、アバランチに「どう勝つか」というより、「どう生きて逃げるか」という思考が先に来るはずだ。

周りの騎士たちは、アバランチの巨体が放つ威圧感に震えつつも、彼が味方として戦ってくれることに心強さを抱いた。

この戦いは勝てる。

誰もが胸にその思いを宿した。

それはディオニス・コルナルドも同じだ。

「頼もしいですな、アバランチ殿は」

「ふふふ、まったくだ」

オルドネスの言葉に、ディオニスは笑って答える。

赤鼻のアバランチが加わったことで、フェルネンド王国聖騎隊の誰もが、この戦いの勝利を確信していたのだった。

第五章　新たな町・エノドア

風邪を引き、そしてうっかりクラーラが混ぜ込んでしまった怪しい薬を飲んで暴走していたトアの体調は、エステルたちの二度目の看病の甲斐《かい》もあって、万全な状態まで回復していた。

調子が戻ったところで、トアは早速ファグナス邸を訪れた。本来なら新しい鉱山の町へ視察しに行くはずだったが、それができなかったことに対する謝罪と、改めてこれから町へ行くという報告のためだ。

「あっはっはっ！　それは災難だったな！」

トアから話を聞いたチェイス・ファグナスは、女子組の奮闘ぶりと、トアの暴走話を聞いて爆笑していた。

「君が女性陣をどのように口説いていたのか……いや、実に興味がある」

「勘弁してくださいよ……」

トア自身に記憶はないが、ジャネットやマフレナはかなり意識をしているようで、話をしていても未《いま》だに少しぎこちなさが感じられた。

ひと通り報告を終えると、今度は逆にチェイスからトアへある報告をする。

「まず、新しい町の名前はエノドアに決定した」

「エノドア……いい名前ですね」

「それと、君に紹介したい者がいるんだ」

チェイスは「入ってこい」と、別室へつながる扉に向かって言い放ち、手をパンパンと叩いて合図も送った。

すると、ゆっくりと部屋の扉が開いていく。

「は、はじめまして……」

現れたのは細身で肩口まで伸びる緑色の髪が印象的で、見た目から察するに年齢は二十代半ばほどの若者。

「彼にはエノドアの町長になってもらう」

「町長――って、彼？」

トアは新町長をてっきり女性だと思っていたが、どうやら男らしい。そんなトアの反応にチェイスは思わず頭を抱えてしまう。

「やはりそうなってしまうか……」

「ち、父上……」

「父上？」

「ああ、いや、その、こいつはレナードと言って、こう見えてもうちの長男――れっきとした男なんだ」

「長男⁉」

以前から息子がいることは聞いていたが、まさか目の前にいるどう見ても女性にしか見えない人物がその長男だとは思わなかった。

「他ふたりが女の子ということもあってか、そっちの影響を強く受けてしまってなぁ」

「そ、そんなことありません！　僕は立派に町長を務めてみせます！」

高らかに宣言するが、その声も成人男性にしては高めなので女性の声だと教えられても鵜《う》呑《の》みにしてしまいそうだった。

「私としても、将来的には長男のレナードに継いでもらおうと思っているので、直接領地に出向いて民に近い目線からいろいろと学んでほしいのだが……」

「だから、もうひとりでも大丈夫ですよ！」

本人としては真剣そのものなのだろうが、女性っぽい外見と高い声のせいで可愛らしい抗議にしか見えなかった。

「まだまだ若輩者だが……まあ見た通り、ヤル気はある。迷惑をかけることもあるかと思うが、よろしく頼むよ」

「あ、お、お願いします！」

チェイスにお尻を叩かれながらそう言われ、レナードは深々と頭を下げる。

それから、レナードにとって初めてとなる交渉が行われた。

「要塞村で育てている野菜や果物や家畜、それに漁で得た魚などをエノドアで売ってはもらえないでしょうか？　もちろん、あなた方の生活を最優先してもらった上での話ですし、報酬も支払います」

「構いませんよ」

「どこへ持っていけばいいか、場所は決まっていますか？」

「町の中心地を商業区画として考えているから、この辺になります」

トアとレナードが真剣に話し合っている姿を目の当たりにしたチェイスは「あとはお若い者同士で」と呟き、こっそりと部屋を出ていった。ふたりは話に夢中となり、そのことに気づいていないようだ。

話し合いは順調に進んでいったが、屍《しかばね》の森の地図を見ていた時、トアがあることに気づいた。

「あれ？」

「どうかしましたか、トア村長」

「いや……エノドアと要塞村の間にちょうど川が流れていて……」

エノドアと要塞村は直線上にあるのだが、その川は道を分断するように流れていた。

「うちのモンスター組が漁をしている川がこっちまで流れ込んでいたんですね……」

「しかし、そうなると……かなり回り道をしなくてはいけませんね」

レナードの言う通り、川を避けてエノドアへ着こうとするなら、かなり大回りのルートを進まなくてはならない。これは相当な時間のロスとなる。

「困りましたね」

「ええ……」

ただでさえ、屍の森にはハイランクモンスターがうろついており、護衛なしでは一般人の移動は危険という問題点があるのに、最短で互いを行き来できるルートが川によって分断されているという状況。これにレナードは頭を抱えたが、トアはすぐに解決策を提示する。

「ここに橋を造ろうと思います」

「えっ⁉　は、橋⁉」

川が渡れないなら、渡れるように橋を造ればいい。それは当たり前の発想だが、レナードからすれば予算やら人員やら建造技術やらが頭をよぎって口にできなかったのだ。

「で、できるんですか？」

「任せてください。こういうの、得意ですから。ハイランクモンスターの件についても、解決策がないか、みんなに相談してみます」

「さすがですね、トア村長……僕も見習わないと！」

難問をいともたやすく解決するトアに、レナードは憧憬の眼差《まなざ》しを送っていた。

その後も、トアとレナードの若き両リーダーは、完成予定地図を見ながらエノドアと要塞村の未来について、夕暮れまで熱く語り合ったのだった。

◇　◇　◇

次の日。

トアは昨日レナードと話し合った際に出てきたふたつの問題点の解決策を見出《みいだ》すため、円卓の間にいつものメンバーを集めた。

まず、最短ルート確保のため、橋を建設するという案については、ジャネットとゴランのドワーフ組がふたつ返事で了承した。

次に、ハイランクモンスターへの対処についてだが、真っ先に挙手をしたのはオークのメルビンであった。

「トア村長、実はつい先日、地下迷宮のテレンスさんが持って帰ったアイテムがこの問題を解決するヒントになるかもしれません」

「どういうこと？」

トアが詳しく話を聞くと、そのアイテムというのは、トアの性格が激変したあの怪しい薬のあった場所近くに落ちていたという。それはどうやら魔鉱石のようだが、一緒にいたシャウナ曰《いわ》く、加工が施されており、しかもその効果が今回の問題点を解決する大きなヒントとなるものであった。

「その魔鉱石なのですが……我々モンスターが苦手とする魔力が流れ出ていて、むやみに近づけないのです」

「モンスターが苦手にしている魔力？」

「それについてはワシから詳しく解説しようかのぅ」

コホン、と咳払《せきばら》いを挟んで、ローザが詳細を語る。

「ハイランクモンスターがうろつくこの屍の森で、これだけ大きな要塞を建築できた理由――それは、その加工した魔鉱石のおかげじゃ」

言われてみれば、帝国側が危険なこの森にこれほどまでの要塞を建築しようと思ったら、数多くの資材と人材が必要になる。モンスターに対してなんの対策も練っていなかったら、とてもじゃないがこのような巨大建造物は生まれていない。

その謎を解くのが、地下迷宮で発見された魔鉱石らしい。

「さっきメルビンが言ったように、こいつからはモンスターが嫌がる魔力が流れ出る仕掛けになっておる。しかも、それは人間をはじめとするその他の種族にとっては無害で、何も感じることはない」

ローザの言う通りならば、この加工した魔鉱石をエノドアまでの道に設置すれば、モンスターに襲われることもなく、安全に行き来できる。

「シャウナさん、この魔鉱石はまだ地下迷宮に？」

「それならば大量にあったぞ。持ち出すのには少し苦労しそうだが」

「なら、私たちが手伝うわ！」

「わふっ！　私も行きます！」

名乗りを上げたのはクラーラとマフレナだった。

「じゃあ、魔鉱石の収集はシャウナさんを中心にお願いします」

「任せてくれ」

「ジャネットたちドワーフ族は橋の建設を頼む。俺も同行して、エノドアまでの道順を確認してみるよ」

「分かりました」

トアは重要な役割として、モンスター対策と橋の建設のふたつを挙げ、それぞれのリーダーにシャウナとジャネットを指名した。さらに、他の種族も協力を申し出た。これだけの凄腕《すごうで》を持ったメンツで取りかかれば、それほど時間をかけず課題を克服できそうだ。

こうして、要塞村とエノドアを結ぶ道中整備が開始された。


集会終了後。

トアはエステル、クラーラ、マフレナの三人と共に地下迷宮へとやってきた。

そこで、加工された魔鉱石を採集するよう、テレンスや他の冒険者たちにも依頼する。彼らは新しい町との懸け橋になれればと、使命感に燃え、勇ましい雄叫《おたけ》びをあげながら雪崩《なだ》れ込《こ》むように地下迷宮へと突入していった。

「なんだか、いつにも増して暑苦しいですわ……」

その熱気に、アイリーンは若干引いていた。

「やれやれ、もう少し落ち着いていてもらいたいものだ」

「まったくね」

「わふっ！　でも、みんな楽しそうです！」

苦笑いとため息を交えながら、シャウナはクラーラとマフレナのふたりを連れて地下迷宮へと入っていく。

「みなさん、ヤル気になっていますわね」

「近くに町ができるのを楽しみにしていたからね。おっと、それじゃあ、そろそろ先に川へ向かったジャネットやフォルたちを追うとしようか」

「そうね。それじゃあ、留守番お願いね、アイリーン」

「お任せくださいませですわ！」

地下迷宮はとりあえずこれでよし。

続いてトアとエステルは先に出たドワーフたちの後を追ってキシュト川へと向かった。

見慣れた川だが、今日は進む方向が違う。

目指すは要塞村とエノドアを結ぶ地点だ。

そこにはすでにドワーフたちが橋の建設について何やら話し込んでいた。ジャネットと、同行しているフォルも何やら川を指差しながら話し合っている。

「やあ、ジャネット、それにフォルも。早速盛り上がっているみたいだね」

「トアさん！」

「マスター！」

ジャネットやドワーフたちに挨拶をしながら、トアたちも話し合いに参加する。

「検証をしてみましたが、ここから反対側の岸に橋をかければ、移動時間を三十分ほどに短縮することができます」

「そこまで短縮できれば、商品の運搬もずっと楽になるな」

ジャネットからの追加情報に、トアは安堵《あんど》の表情を浮かべた。

「では早速作業に取りかかりましょうか。必要な木材はすでに調達済みですので」

「用意がいいなぁ」

橋の建設に用いられるそれら資材は現地で調達したものだった。トアが到着するよりも前に、必要な数を伐採し終えていたのである。相変わらず、恐ろしいまでの手際の良さだ。

「トアさんたちはこれからどちらへ？」

「エノドアまでの道のりを確認しようと思って。これから実際にエステルとエノドアへ行こうと思うんだ」

「な、なるほど……」

そこで、ジャネットは急に黙ってしまう。

何か言いたげだが、なかなか口から言葉が出ないようだ。

「ジャネット？　何か言いたい――」

「マスター、できれば僕とジャネット様を同行させていただけませんか？」

「えっ？　お、俺は別に構わないけど」

「ゴラン様、いいですか？」

「もちろんだ！　行ってきてくださいよ、お嬢！」

「フォル……ゴランさん……」

本当はトアたちと一緒に行きたかったが、自身の立場を考えて言いだせなかったジャネット。それを、フォルやゴラン、周りのドワーフたちは瞬時に見抜き、フォローした。

「行こうか、ジャネット。あ、そうそう。ここから先はモンスターとの戦闘も考えられるから、武器を持っていった方がいいよ」

「はい！」

新たにジャネットとフォルを加え、一行はエノドアを目指して進み始めた。


エノドアへ向かう道中、数匹のハイランクモンスターと遭遇。

トア、エステル、ジャネット、フォルの四人は、それらすべてをあっという間に蹴散らしていった。

「この辺りは今まであまり来たことがなかったけど、結構モンスターがいるんだね」

「しかもあまり遭遇したことのないタイプばかりです」

トアが分析すると、それにフォルが追加情報を乗せた。

「それにしても、相変わらずエステルさんの魔法は凄《すご》いですね」

「そんな、ジャネットだって十分強いじゃない。ドワーフとして、いろんな物を作れるだけじゃなく、戦っても強いなんて、尊敬しちゃうな」

「そ、そんな……」

女子組はお互いの健闘を称《たた》えていた。改めて、エステルはすっかり要塞村に馴染《なじ》んだな、とトアはホッと胸を撫《な》で下《お》ろすのだった。

そうした小規模戦闘を何度か繰り返し、屍の森を抜けてしばらく進むと、ようやくエノドア鉱山へとたどり着いた。

「うおぉ……」

初めてその鉱山を目の当たりにしたトアは思わず感嘆の声をあげる。

デカい。

率直にして最大の印象がそれだった。

正確な標高は耳にしていない。しかし、天を貫くその姿はこれまで見てきたどの山よりも大きかった。

「こ、こんな山がそれほど離れていない位置にあったなんて……」

「ジャネット様の故郷である鋼の山より大きいですね」

「た、確かに……私もこんなに大きな山は初めて見たわ……」

「すごい迫力ね」

初めて見る鉱山の迫力に呆然《ぼうぜん》としながらも、五人はその麓に町があるのを発見し、そこを目指して再び歩き始める。

約十分後。

トアたちは、ようやく鉱夫たちの町として建設予定の場所へ無事にたどり着いた。そこは、周囲に比べてわずかに盆地となっていた。

町はまだまだ完成に程遠い感じだが、住人のいない切妻屋根の家々が立ち並んでいたり、集会場などの共有施設なども随時建設しており、町の輪郭は出来つつあった。

町のあちこちではドワーフたちの活気溢れる声が響いている。

彼らは鋼の山から来たドワーフたちのようだ。

「これは凄いな」

「まだ短期間だっていうのに、もうこんなに完成していたなんて」

「話では鋼の山にいるドワーフも総動員しているようです」

「町を丸々ひとつ造るとなったら……あの人たちが燃えないわけありません」

鋼の山のドワーフと面識のあるトアやフォルはその性格を知っているため、彼らが嬉々《きき》として今回の町造りに協力している姿が容易に想像できた。

作業を進めるドワーフたちに挨拶をしていくトアたち。すると、ひと際大きなドワーフが目に入った。

「お父さん⁉」

「ジャネット！　それにトア村長も！」

そのドワーフはジャネットの父で八極のひとり、ガドゲルだった。さらに、ガドゲルの背後にはふたりの男が立っており、そのうちのひとりはトアのよく知る人物だ。

「ファグナス様⁉」

「トア村長か。それにエステルとフォルも。今日は町の見学か？」

「ええ。要塞村からここまでのルートを確認しながら、ちょっと様子を見ていこうと」

「はっはっはっ！　相変わらず仕事熱心だな！」

「ファグナス様、こちらの少年は……」

チェイスと一緒にいた、優しそうな中年の男性がそう尋ねる。身なりが整っており、振る舞いもしっかりしていることから、エノドアで重要なポジションに収まる人物ではないかとトアは予想した。

「おっと、そういえば紹介がまだだったな。ジェンソン、この少年が要塞村の村長だ」

「おお！　彼が噂《うわさ》の！　自警団の団長を務める、ジェンソン・ブラウンだ。噂に聞く要塞村の村長と出会えて光栄だよ。これからよろしく頼むよ」

「トア・マクレイグです。こちらこそ、よろしくお願いします」

ふたりは握手を交わして自己紹介は終了。それからすぐに、ジェンソンは町の警備の打ち合わせがあるため、その場を去ろうとした。

「また今度ゆっくりと話そう」

「はい！　是非！」

また会うことを約束して、ジェンソンは自警団の詰所へと戻っていった。

その後、チェイスに町を案内してもらいながら詳しい現状について話を聞く。

「レナード町長はこちらに？」

「いや、あいつは今日セリウス王都へ行っている。今後のことを考えて、いろいろと挨拶回りも兼ねた顔見せってヤツだ」

上機嫌なチェイス。

それだけで、すべてが順調に進んでいるのだとトアは察した。いい意味でも悪い意味でも、チェイス・ファグナスという領主は態度に出やすい人物であった。

「新しく鉱山で働く鉱夫さんたちの様子はどうですか？」

「経験者も多く、体力には自信があると豪語する連中ばかりなので、そちらの心配はいらないだろうと考えている。あとは技術的な面かな。ただ、とても向上意欲のあるヤツらだから、体得するのは時間の問題だ」

このエノドアの創設には、セリウス王国自体がかなり協力的だとチェイスは語った。

それほどまでに、魔鉱石の存在は国にとって重要なのだろう。

「町の建設については？」

「こちらも概《おおむ》ね予定通りだ。早ければ、来週には一部住居への移住も開始する予定だよ」

「となると、本格的に操業するのはいつくらいに？」

「すでに一部の区画では採掘を始めている。だが、この山のすべてで採掘作業が行われるようになるには、まだ時間がかかりそうだ」

「それはそうですね……」

「詳細な日程は未定だが、一年以内にはすべての区画を開放できるようにするつもりだ。今のペースを維持できれば問題なく間に合うはずと聞いている」

「な、なんだか話を聞いていると、凄い規模の鉱山になりそうですね」

エステルはエノドア鉱山を見上げながら言う。

改めてその大きさを目の当たりにしたふたりは、完全に開放されるまで一年という時間も致し方ないと思えた。

町には、作業するドワーフたちの他に、鉱山近辺で作業している男たちの姿も見られた。きっと彼らが鉱夫なのだろう。現段階の町の状況を見る限り、確かにそれくらいの期間で仕事が始められそうだ。

順調に進むエノドアの整備。

もう少し町を見て回ろうとしたトアだったが、そこへひとりの大柄な男がやってくる。その男はトアを見つけるや否や走り寄る。

「おお！　君が噂の少年村長か！」

トアの両手をがっちりと掴《つか》み、威圧感さえ覚える分厚い筋肉に、輝くスキンヘッドの偉丈夫。武骨な手でトアに握手を求めてきたこの人物の正体を、チェイスが教えてくれた。

「ああ、ちょうどいい機会だから、彼についても紹介しておこう。この男はシュルツといって、エノドア鉱山の鉱夫たちをまとめる鉱夫長をやってもらう」

「よろしくお願いします！」

ニコニコと微笑《ほほえ》む鉱夫長シュルツ。

なんでも、彼は東にある某国の鉱山で長年に渡り鉱夫たちのまとめ役を担ってきたが、そこが閉山となり、行き場をなくしていた。そこへ、その豊富な実績と誠実な人間性を高く評価したチェイスにここを紹介され、やってきたというわけだ。

シュルツと初対面の挨拶を済ませると、続いて鉱山で働く予定の者たちを集めて自己紹介をした。

この町にとって最初の取引相手が要塞村となる。

とはいえ、要塞村では現金を使用せず、物々交換が主流である。

そのため、トアとレナードの間で交わされた取り決めとして、魔鉱石と要塞村での収穫された物を交換できるようにしたのだ。

「あ、そうだ」

鉱夫長シュルツがいるならばちょうどいい。

トアは、今要塞村の地下迷宮で収集しているモンスター除《よ》け効果のある魔鉱石について尋ねてみた。

このエノドアも、屍《しかばね》の森から離れているとはいえ、安全とは言い切れない。そのため、要塞村との道中に設置できるだけの数を確保できたなら、エノドア周辺にも設置したいとトアは考えていた。

ちなみに、レナードにはすでにそのことは伝えてある。

「モンスター除けの魔鉱石だったら、ここで採掘できるよ。それも結構な量だ」

「本当ですか⁉」

トアのテンションは一気に上がる。

だが、すぐにフォルが申し訳なさそうに追加情報を伝えた。

「マスター……大変申し上げにくいのですが……」

「な、何？」

「あの魔鉱石がモンスター除けの効果を発揮するには相応の加工が必要になってきます。地下迷宮で発見された物はすでに加工されていましたが……ゼロから加工するとなると、かなりの技術と時間を要することになるかと」

フォルの指摘に、シュルツも頷《うなず》いていた。

どうやら、魔鉱石の数はあっても、それをモンスター除けにすることは難しいらしい。

しかし、この問題も思わぬところから解決の糸口が転がり込んできた。

「その加工は俺たちがやろう」

トアとフォルとシュルツの会話に入ってきたのはガドゲルだった。

「さっきジャネットから聞いたが、そいつを要塞村とエノドアを結ぶ道に設置するのだろう？」

「ええ、そのつもりです」

「そういうことなら、俺たち鋼の山のドワーフの腕の見せどころだ」

「い、いいんですか？」

「町の建設も終わりが見え始めた。同時進行で魔鉱石の加工を請け負おう」

「ありがとうございます！」

地下迷宮で、どれほどの数が確保できるか未知数だったため、ガドゲルたち鋼の山のドワーフが協力を申し出てくれたのは大変ありがたかった。

要塞村とエノドアを結ぶ道が安全と分かり、人々の行き来が盛んになれば、これは両者の発展にとって大きなプラス材料となる。


その後、ひと通り町を見て回ったトアたちは、チェイスからの誘いで完成したばかりの町長宅へとやってきた。

そこの応接室に通されると、チェイスはドカッとソファへ腰かけ、話し始める。

「実は、近々ダルネスの街を訪問する予定になっている」

「ダルネス？」

その名は聞き覚えがあった。

商業都市としては世界で四番目に古い街であり、歴史と情緒ある雰囲気は観光スポットとしても人気が高い。おまけに海からも近く、夏には海水浴を楽しむ者でにぎわう。

「よかったら、トア村長も一緒に来ないか？」

「えっ⁉」

いきなりの誘いに、トアは戸惑う。

「今後の要塞村発展に役立つと思ってね。それに、たまには外の空気に触れてみるのも悪くないと思うぞ」

「ファグナス様……」

「もちろん、君たち要塞村の面々も参加してもらって構わないぞ」

「本当ですか⁉」

「興味ありますね」

「嬉しいお誘いですね。是非」

エステルにジャネット、それにフォルは乗り気だった。

トアも、歴史ある商業都市ダルネスに関心を抱いた。今後の村の発展につながるヒントがあるかもしれない。

「では、よろしくお願いします、ファグナス様」

「分かった。……さて、私からの提案は以上だが……君のその表情を見るに、まだ裏に何かいい情報を隠し持っているな？」

「えっ？　そ、そんなに顔に出てますか⁉」

トアは自分の顔をペタペタと触る。

「はっはっはっ！　前にも言っただろう？　無駄に年は食っていないということさ。それで、どうなんだ？　何を隠している？」

「か、隠すほどのことじゃないんですが……エノドアが完成した暁には、町の人たちを僕たちの要塞村に招待したいと考えています。そこで、宴会やイベントなんかをやれたらなって」

「交流会を開くというわけか。……いいんじゃないか？　互いの住人を知るいい機会になる。特にエノドアの住人は要塞村をまったく知らないからな」

「はい！　ありがとうございます！」

「あっ、交流会当日は必ず私も呼んでくれよ？　要塞村でやるイベントは面白いからな。今回も是非参加したい」

「分かりました！」

前回参加した収穫祭が余程楽しかったのか、チェイスは少年のように瞳を輝かせながらトアとそう約束を交わす。

「これはまた、賑《にぎ》やかなお祭りになりそうですね」

「うん。俺も今から楽しみだよ」

こうして、領主チェイス・ファグナスからも了承を得たことで、トアはエノドア住人との交流会を企画することになったのだった。

◇　◇　◇

要塞村とエノドアを結ぶルートの整備が始まって一週間が経《た》った。

その間、レナードが正式にエノドアの町長に就任し、シュルツをトップとするエノドア鉱山では小規模ながら採掘作業が始まっていた。

トアたち要塞村組の作業も順調に進んでいた。

まず、モンスター除けの魔鉱石について。

地下迷宮に潜っていたテレンスたち冒険者は、最初に発見された地点を中心に探索を続け、確実にその数を増やしていった。

シャウナ曰《いわ》く、恐らく、要塞建設の際に使用された大量の加工済み魔鉱石がどこかに保管されているのではないかとのことだったので、現在は魔鉱石を集めつつ、保管場所の発見にも全力を注いでいた。

ちなみに、モンスター除けの魔鉱石については、どうしても克服しなければならない課題が存在していた。

それは、要塞村に住むモンスターたちが、この魔鉱石の影響で暮らしづらくなってしまうのではないかという点だ。

しかし、これは思わぬ効果により、早期解決となった。

加工済み魔鉱石を近づけても、メルビンたちモンスター組の誰も特に目立った反応を見せなかったのである。

最初はただの魔力切れではないかと疑ったが、専門家であるローザが調べてみたところ、神樹の根が浸《つ》かり、上質の魔力を含む聖水を使った料理を口にしたり、風呂を利用したことで、魔力に対する耐性が上昇しているとのことだった。そのため、他のモンスターと同じようにこの魔鉱石で苦しむことはないだろうと結論づけた。

問題点が消え去ったことで、トアはこの魔鉱石をどのように利用するのか、村民たちに発表した。

それは、薄暗い地下迷宮や夜の要塞内を明るくするため、村民たちで作ったランプからヒントを得た案だった。

その内容は、整備した道路に、モンスター除けの効果がある魔鉱石を埋め込んだランプを、街灯という形で設置していくというものだ。

前回のランプ作り同様、村の奥様方や子どもたちに協力をしてもらうため、夕食の席でこれをお願いすると、みんな即答で「ＯＫ」と返事をした。

というわけで、今日も要塞村の奥様方と子どもたちは、仕事や学校での勉強を終えた後、街灯として使用するためのランプ作りを始めたのだった。

一方、橋造りの作業も順調に進み、完成間近となっていた。

それほど大きな橋ではないため、腕利きのドワーフたち数十人が一斉に取りかかればそれほどかからず完成するだろうとジャネットは予想を立てていたが、まさかこれほど早いとは、とトアは驚いた。

「たった一週間ほどでここまで造れるとは……」

「さすがはドワーフ族ね」

「ホント、私にはあんな器用さがないから羨ましいわ」

「わふぅ……私も同じです」

トアとエステル、そしてクラーラとマフレナは木材を運びながら、ドワーフたちの手際に感心しきりだった。

その横では、なぜかシャウナが額に玉のような汗をかいて重労働に勤《いそ》しみ、ローザが魔法でそのサポートを行っていた。

「最近はずっと地下迷宮ばかりにいたから、たまにはこうして陽《ひ》の光を浴び、汗を流すのも悪くないな。どうだい、ローザ。君もやってみないか？」

「……ワシは肉体労働に向かん。この体を見れば分かるじゃろ」

「君も図書館か自室ばかりにいたら、そのうちコケが生えてくるぞ？　あと、いい加減、昔の体に戻ったらどうだ？　今の姿は、それはそれで愛らしくていいのだが、あの頃のセクシーな体つきの君も素敵だったぞ？」

「いいからさっさと仕事をせい！」

外の空気を吸いに来たシャウナに、ローザは無理やり付き合わされているようだった。

作業は順調に進み、日が傾きかけた頃、異変が起きた。

「ぬおっ⁉」

船に乗り、橋の下で作業をしていたドワーフの乗る船が転覆し、ひとりが川に落ちてそのまま流されてしまう。

「！　大丈夫か⁉」

それなりに水深のある川なので、このままでは溺れてしまう。焦ったトアたちがなんとか救出しようとするが、それよりも先に仲間のドワーフたちが川へ飛び込み、どうにか溺れた者の体を掴《つか》むと、岸から放たれたロープを使って無事救出に成功。

これで終わるのかと思いきや、突如、川の中心部分に気泡が現れた。

「な、なんだ⁉」

「何か潜んでいるようだね」

眉をひそめるトアへ、シャウナが警告する。

次の瞬間、大きな水柱があがり、その先端から何かが飛び出して来た。

「シャアアアアアア‼」

体長十メートルをゆうに超すそれはトアたちのいる陸地へと着地し、挨拶代わりの雄叫《おたけ》びをあげる。

「ウミトカゲか……どうやら、さっき船を転覆させたのはこいつのようじゃな」

ローザが現れた生物の名を口にする。

「ど、どうして海にいるモンスターがこんなところに？」

「神樹の魔力に引き寄せられたようじゃな。いずれにせよ、まだランプが完成していない状況でこんな大物がいたのでは、安心して作業ができないのぅ」

「ですね」

トアはすぐさま武器を構えた。それに続き、エステルやクラーラ、マフレナも臨戦態勢を取る。

しかし、トアたちよりも先に一歩前に出た者がいた。

「君たち全員が出張るまでもない――獣の相手は獣がしよう」

シャウナだった。

「ウミトカゲか……君と私たち黒蛇族は遠縁にあたるわけだ。お手柔らかに頼むよ」

いつもと変わらぬ飄々《ひょうひょう》とした態度に思えるが、煮えたぎる闘志が透けて見えるほど、その表情は鬼気迫るものがあった。黄金色に輝く瞳はすでに蛇のそれだ。

「や、やけに気合が入っていますね、シャウナさん」

なんだか、いつもと違って好戦的に見えるシャウナの様子に違和感を覚えたトアは、ローザに尋ねてみる。

「最近暴れておらんからなぁ。あやつは比較的おとなしい方じゃが、基本、黒蛇族は好戦的な種族じゃから……いろいろと発散したいのじゃろう」

物騒な発言をした後で、ローザはサササッとその場を離れた。

「お主らも少し下がっておった方がいいぞ。あまり近いとシャウナの戦いに巻き込まれる」

同じ八極のローザがそう言うくらいなのだから、やはり相当激しい戦闘となるのだろう。トアたちはローザの指示に従って距離を取った。

「さて、観客の準備も整ったことだし……派手にいこうか」

シャウナが臨戦態勢に入り、トアたちは固唾を呑《の》んで見守っている。そこに、突如何者かの大声が響き渡った。

「トア村長ぉ！　やったぞぉ！」

緊張感に包まれたその場へ、両手いっぱいに魔鉱石を抱えたテレンスが駆けてくる。

「テ、テレンスさん？」

全員の視線がテレンスに向けられる中、ウミトカゲの様子に異変が。

「シャアアアア……」

テレンスとの距離が縮まるにつれ、弱ったような声をあげる。そして、とうとう耐えきれなくなったのか、川の中へと潜って姿を消してしまった。

「地下迷宮を探索した結果、大量に保管されている場所をつきとめたのだ！」

「凄《すご》いじゃないですか！」

モンスター除《よ》けの魔鉱石を探していたテレンスたちは、ついにそれが保管されている場所を発見し、現在、若い冒険者たちを中心に運びだしの作業をしていることを伝えにやってきたのだ。しかも、ウミトカゲを相手にその効果はしっかりと証明された。

ちなみに、臨戦態勢だったシャウナは肩透かしを食らった形となり、なんとも言い難い表情で立ち尽くしていたが、ローザにポンと優しく肩を叩かれ、正気を取り戻していた。

「村ではもういくつかランプが仕上がっている。そいつに魔鉱石を埋め込んだ試作品も完成したようだ」

「さすが！　仕事が早いですね」

家事や小さな子どもの世話をしながら、ランプ作りも手際よくやってくれている奥様方には本当に頭が下がる思いだ。

「よし、それじゃあ村へ戻って、完成したランプをいくつか持ってこよう。まずはこの橋の周辺に設置するんだ」

「そりゃあ、とても助かりますな。モンスターに壊されないよう、夜通し見張る必要がなくなりますよ」

真っ先に喜んだのは、橋が壊されないよう交代で寝ずの番をしていたゴランをはじめとするドワーフ族だった。

モンスター除けの魔鉱石が埋め込まれた要塞村製のランプは、今の段階で五つ完成していた。それらを橋の周囲に仮設置し、ドワーフたちは作業の片づけを始めた。まだ完成ではないが、あとは仕上げ作業がメインなので、不必要な道具は持ち帰るようだ。

「橋はほぼ完成したし、明日からはさらなるランプ作りと道路整備かな」

エノドアまでの道のりを遮る木々や茂みは、すでにモンスター組が伐採などを行って平地にしてある。ここにも、街灯という形でランプを設置していけば、危険なハイランクモンスターが道路に接近することを防げる。

徐々に完成形が見えてきた新しい町・エノドア。

そんなエノドアと要塞村がどのような関係になるのか。

町と村、ふたつの未来図を想像しながら、トアはみんなと一緒に要塞村への帰路に就いた。

◇　◇　◇

橋や道路、さらに魔除《まよ》けのランプの完成に目途が立ったある日、トアは馬車の中にいた。

以前、エノドアで話していた歴史ある商業都市ダルネスを視察するためだ。

「いよいよか」

ファグナス家の用意した馬車。

そこにはトアと四人の少女たちが乗っていた。

他の馬車にはローザ、シャウナ、フォル、さらに銀狼族や王虎族、ドワーフ族にモンスターもいて、かなり大所帯での移動となっていた。

「商業都市ダルネスの視察という名目ですけど、あれは建前で、ファグナス様としてはトアさんに息抜きの場を用意したんだと思いますよ」

「聞いたんだけど、あそこって観光地としても有名なのよね？」

「わふっ！　私も楽しみです！」

ジャネット、クラーラ、マフレナは満喫する気満々だった。

「今回は楽しんじゃってもいいんじゃない？　ファグナス様も、たぶんトアに楽しんでもらおうと思って声をかけたんだと思うわよ。頑張っているトアへの労《ねぎら》いなのよ」

「そ、そうなのかな」

他の三人と違って落ち着いた感じでエステルはそう言った——が、その顔は今まで見たことないくらいニヤけていた。態度には出していないが、相当楽しみらしい。

トアとしては、世界に名を轟《とどろ》かすダルネスから村の発展についていろいろと学ぼうと考えていたが、その考えも、到着すると同時に消し飛んでしまった。

「うわぁー……」

その街並みを目の当たりにしてトアは感動する。

歴史を感じさせる古い街並みと新しい技術によって生まれた建物が融合した美しい街――それが
トアの抱いた第一印象だった。

「はっはっはっ！　君にはどんな観光スポットよりも魅力的に映ったようだな」

豪快な笑い声と共に、別の馬車に乗っていたチェイスがやってくる。

「いい街だろう、ここは」

「はい！」

「ならば、仲間たちと心行くまで堪能してくるといい」

チェイスに背中を叩かれたトアの視線の先には、そんなトアを待つ四人の少女の姿があった。

「わふっ！　トア様、早く行きましょう！」

「いろんなお店があって、どこへ入るか迷うわね」

「あそこなんてどうでしょうか？」

「あっ！　あの服可愛《かわい》い！」

マフレナ、クラーラ、ジャネット、エステルの四人に引っ張られる形で、トアはダルネスの中央
通りへと向かう。

「……シャウナ様、ローザ様、あそこに僕が入るのは野暮《やぼ》でしょうか」

「野暮だろうねぇ」

「野暮じゃろうなぁ」

「やはりそうですか」

「はっはっはっ！　あの場は彼らだけで楽しませてやろう！　その代わり、他の村民たちは私についてきてくれ！　食事にしよう！　いい店を用意してあるんだ」

チェイスの呼びかけにより、ジンやゼルエス、ゴランやメルビンが集まってきた。

「今日は私の奢《おご》りだ！　腹いっぱい食ってくれ！」

「太っ腹じゃのぅ、チェイスよ」

「皆のおかげでエノドアは私の想定よりずっといい町になりました。そのお礼をずっとしたいと考えていたんですよ。もちろん、八極のおふたりにも深く感謝していますよ」

「私たちは何もしていないさ。すべてはトア村長の指示通りというわけだ」

シャウナの言葉は本心だった。

チェイスとしても、まだ十四歳ながら伝説的種族ばかりが集う村民たちをまとめ上げ、要塞村を発展させていくトアの手腕は高く評価しているつもりだ。

「さあ、みんな！　今日一日楽しくやろうじゃないか！」

「「「「おおおおおお!!!!」」」」

チェイスの呼びかけで、村民たちは大いに沸いた。

「ふっ、私たちも楽しませてもらうとするか。なぁ、ローザ」

「人の奢りで食べる飯もまたうまいからのぅ」

先頭に立って案内するチェイスについていく村民たち。その最後尾から、シャウナとローザはこれから始まる宴に胸を躍らせていたのであった。

◇　◇　◇

ダルネスの中央通りは人でごった返していた。

「す、凄いわね……」

「ああ……フェルネンド王都よりも人が多いんじゃないかな」

大国であるフェルネンドで長年過ごしてきたトアとエステルでさえ、その混雑ぶりに戸惑うほどだった。

「こんなに人がいる場所に来るなんて初めてね」

「わっふぅ！　なんだか楽しそうな雰囲気です！」

「お店もたくさんありますし、眺めているだけでも飽きませんね」

クラーラ、マフレナ、ジャネットの三人は逆に瞳を輝かせ、辺りを忙《せわ》しなく見回している。

エルフに銀狼族にドワーフ族と、人間との関わりが希薄だった彼女たちからすれば、これだけ大勢の人間を見る経験は初めてなので浮かれているようだ。

激レアな種族である三人が揃《そろ》っていることで、騒ぎにならないか心配していたトアだったが、それは杞憂《きゆう》に終わった。

このダルネスには獣人族をはじめとして、人間以外の種族もチラホラ見えたのだ。そのおかげもあるのか、三人に特別視線が集まるということはなかった。

「もしかしたら……ファグナス様はこれを見越して俺たちをダルネスに誘ったのかな」

あの人ならそれもあり得ると思いつつ、トアは女子たちに連れられるまま近くにあった店へと入っていく。そこは雑貨屋で、部屋に飾るような小物や肌に身につける手作りの装飾品などが置いてあった。

「あ、これなんてどう？」

「わふっ！　とっても似合いますよ、クラーラちゃん！」

「ジャネットもたまにはこういう派手な色の物を身につけたら？」

「えっ⁉　に、似合いませんよ、私には……」

早速女子らしいやりとりを開始する四人。

正直、トアが入り込む余地はなさそうに思えたのだが、むしろ四人の方がそれを許さず、トアの腕を引っ張って一緒に購入する物を選んだ。

ちなみに、お金はファグナスから「これまでの働きに対する報酬だ」ということでいくらかもらっていたので、その予算内で買い物をしようと事前に話し合っていた。

「決めた！　私はこのイヤリングにする！」

まず、クラーラが宣言。それを皮切りに、他の三人も次々に自分が買う物を決めたようだ。

「じゃあ、私はこの指輪にします」

「わふっ！　私はこっちの首飾りで！」

「私はこのブレスレットにするわ」

結局、四人全員が装飾品を選んだようだ。

会計を済ませると、早速四人は嬉《うれ》しそうに買った物を身につける。と、何やらエステルが店員の女性と話し込んでいるようだ。しばらくして話が終わると、エステルは小走りにトアたちのもとへと戻ってくる。

「何を熱心に話していたんだ？」

「ダルネスにどんな観光スポットがあるか聞いていたの。それで、いいところを教えてもらったから、次はそこへ行ってみない？」

「へぇ、地元の人が勧めるスポットか。いいね。みんなはどう？」

「「「賛成！」」」

クラーラたちからの賛成も得たことで、一行は早速その観光スポットへと向かうことにした。

エステルが勧められたという場所は、ダルネスの中央通りから少し外れた位置にある公園であった。

自然に囲まれたその公園の中心には噴水があり、すぐ近くに建つ時計塔は街のシンボルとして長年愛されている。

「なるほど。確かに、ゆっくりするのには向いている場所だな」

先ほどの喧騒《けんそう》が嘘《うそ》であったかのように人が少なく、落ち着いた空気の流れる場所だ。

「あそこにある噴水が有名らしいの」

エステルはそう言って噴水へと駆けだす。それを追って、トアたちも噴水へ歩を進めると、そこには看板が立てられていた。

「何々……『晴れた日にここで願い事をすると叶《かな》う』――だって」

「そうそう。ここには古くからそんな言い伝えが――」

「「願いが叶うんですか⁉」」

クラーラが読み上げた内容をエステルが解説するよりも先に、マフレナとジャネットの瞳がパッと輝く。

「それは凄《すご》いですね！」

「わふっ！　何をお願いするか迷っちゃいます」

「あぁ……えっと――」

あくまでも「そうなるといいね」くらいのニュアンスだと教えようとしたエステルだが、トアはそれを止める。

「よし！　じゃあ、みんなでお願い事をしようか」

「「「おーっ！」」」

トアの呼びかけに元気よく応えるクラーラ、マフレナ、ジャネットの三人。その後ろで、エステルは「やれやれ」といった感じに息を吐いて小さく笑った。

「でも、何をお願いしようかしら」

「わふぅ……悩みます」

「ゆっくり考えましょう」

「私は……」

何をお願いするか悩んでいると、ジャネットの視線が同じく何を願おうか、腕を組んで悩んでいるトアを捉えた。

「わふっ？　ジャネットちゃん？」

「何を見て――ああ、そういうことね」

「なるほど。それは名案ね」

顔を赤くしたジャネットが、ジッとトアを見つめていることに気づいたクラーラとエステルはすべてを察した。トアとの関係の進展――それが、ジャネットの願いなのだと。

「やるわねぇ、ジャネット」

「ク、クラーラさん……」

「さすがの私もその考えには至らなかったわ」

「エ、エステルさんまで」

散々いじられるジャネット。その顔はさらに赤みが増していく。

「わふっ？　みんなはもう決まったんですか？　うぅ……私も早く決めないと」

一方、ひとり気がついていないマフレナは、自身も早くお願いを決めなくてはと唸《うな》りながら考える。さすがにマフレナだけをこのままにしてはおけないと思った三人は、トアとの進展を願おうとしていると教えようとしたが、それよりも先にマフレナは結論を出した。

「わふっ！　私はこれからもみんなと一緒にいられるようにお願いします！」

そう言って、マフレナはトアに抱き着いた。

「ちょっ⁉　マフレナ⁉」

「わっふ～、トア様、これからもよろしくお願いしますね！」

「ははは、マフレナには敵《かな》わないな」

トアは笑いながらマフレナの頭を撫《な》でる。その様子を見た女子三人も、つられるように笑みをこぼす。

「マフレナらしいわよね」

「はい。……でも、私も同じ気持ちです」

ジャネットが静かに語る。

「トアさんとの仲がもっと進めばいいなぁと最初は願いました……けど、ここにいるみんなや村の人たちとの生活が、これからもずっと続いてほしいとも思っています」

「……そうね。私も同じ気持ちだわ」

「あら、クラーラも？」

マフレナの願いを聞いた三人は、揃って願い事を改めた。

トアとの進展を期待しつつ、今の生活がこの先も続いていきますように、と。

「おーい、三人はお願い事決まった？」

まるで願い事が決まるタイミングを見計らっていたのではないかと疑いたくなるくらいのグッドタイミングで、トアがそう声をかける。

「ええ、もうバッチリよ！　ね？　エステル、ジャネット」

「そうね。いつでもいいわ」

「私も決まりました」

「わふぅ～！　じゃあ、みんなで一緒にお願いしましょう！」

マフレナの呼びかけにより、五人は揃って同じ願いを伝えようと噴水の前に立った——その時、突如轟音《ごうおん》と激しい横揺れが街を襲った。

「な、なんだ⁉」

トアは轟音と横揺れから、ある兵器の存在を思い浮かべた。

「まさか……今のって砲撃？」

こちらへ向かって逃げてくる人々の先に目を凝らすと、武装したセリウス王国のものでない兵士たちがいるのを発見する。

商業都市ダルネスは、正体不明の軍勢に襲撃されたのだった。

第六章　聖騎隊、強襲

「無事か、クレイブ！」

「問題ない。ネリス！」

「こっちも無事よ！」

　クレイブ・ストナーは窮地に陥っていた。

　エドガー、ネリスと共にフェルネンド王国を抜け出してセリウス王国へと入り、エノドアを目指していたのだが、聖騎隊の動きがフロイドの想定よりもずっと早く、このままでは警備態勢が整う前に襲撃される恐れが出てきた。そこで、クレイブたちは侵攻が迫っていることを直接現地の騎士たちへ伝えるため、標的となっているダルネスへ立ち寄ることにした。

　だが、一歩遅く、クレイブたちが到着したと同時に聖騎隊の総攻撃が開始された。

　クレイブたちはダルネスの人々を避難させる時間稼ぎをするため、聖騎隊へと立ち向かったが、そんな彼らの前にひとりの少年が立ちはだかる。

「相変わらず青臭ぇ連中だなぁ」

「おまえは……プレストン！」

　ニヤニヤと薄ら笑いを浮かべる灰色の髪の少年。鋭い眼光を飛ばす彼の名前はプレストン・グルーバーと言い、クレイブたちとは養成所時代の同期だった。演習の戦績は非常に優秀であり、トアやクレイブにも引けを取らない。だが、素行の悪さからあまり良い評判を聞かない兵士だ。

さらに、プレストンの背後からもうひとり男が現れる。

「御三方《おさんかた》はこんなところで何をしているんだい？」

多くの兵を引き連れたその髭《ひげ》面の男に、三人とも見覚えがあった。

「オルドネス隊長……」

フェルネンド王国聖騎隊で、ヘルミーナ同様に一部隊を任せられるほどの実力がある一方、成り上がりを夢見る野心家で有名な男だ。

「大臣令嬢に大商人の息子、そして大隊長殿の御子息《ごしそく》……錚々《そうそう》たる顔ぶれだな。それで？　今日は何をしにここへ来たんだ？　ショッピングか？」

からかうような物言いに、彼の取り巻きの兵士たちは薄ら笑いを浮かべている。

「……あなたたちを止めに来た」

「ほう、私たちを？」

「聖騎隊は魔獣に苦しむ人たちを救うために結成された組織だ。それを侵略戦争の駒として扱う今のやり方には賛同できない。だから俺たちは隊を抜けたのだ」

「そんな手前勝手な理由で辞めてもらっては困るなぁ。聖騎隊は君たちの理想を叶える道具ではないのだよ」

「その言葉はそっくりそのままお返しする！」

クレイブは剣を構えた。

「勇ましい限りだ……が、愚かしくもあるな」

「オルドネス隊長、ここは俺がやりますよ」

一歩前に出たプレストンは手にしていた紺色の布にくるまれている細長い物体に手をかけた。布を取り去ると、現れたのは槍《やり》だった。

《槍術士《そうじゅつし》》……それがおまえのジョブだったな、プレストン」

「なんだ、忘れてたのか？　冷たいヤツだ――なぁ！」

言い終えると同時に、プレストンの手にした槍から強烈な一撃が放たれる。クレイブはそれを剣で捌《さば》き、反撃に出ようとするが、プレストンはそこまで読んでいた。

「遅いんだよ！」

豪雨のように降り注ぐ突き。クレイブは防ぐので精一杯で、とても反撃に出られるような状態でなかった。

「何しているの、エドガー！　早くクレイブの援護に行って！」

「お、おう！」

防戦一方のクレイブを援護するため、エドガーは剣を抜いて突撃していく。

その時、大地が大きく揺れた。

しかも一度きりでなく、一定のリズムで揺れており、また、徐々に大きくなっていったのだ。

「うおっ⁉」

その揺れで大きくバランスを崩し、転倒するエドガー。戦っていたクレイブとプレストンも何事かと手を止めていた。クレイブは新たな砲撃かと身構えたが、その様子はない。

もっと恐ろしい存在が近づいていたのだ。

「む？　ようやく来たか」

現場指揮官のオルドネスが呟《つぶや》いた直後、揺れの正体が姿を現した。

「ったく、人間の街はいつ来てもせまっ苦しいな」

クレイブたちの前に姿を見せたのは、身長十メートルはある巨人族の男であった。

先ほど喧嘩《けんか》をしていた男たちがまるでおもちゃの人形のように見えてくるほどの巨体で、その手には大きな鉄球があり、あれに押し潰されたら間違いなく助からないだろう。

ともかく、そのサイズは明らかに人ではなかった。

「あ、赤い鼻の巨人族⁉」

「おいクレイブ！　あの巨人族ってもしかして――」

「赤鼻の……アバランチ……」

ネリスが声を震わせながら巨人族の男を見上げる。

八極のひとり――赤鼻のアバランチ。

どうやら、フェルネンドに力を貸すと言った八極とは、このアバランチのようだ。

「なんてこった……話を聞いた時はディオニス・コルナルドの嘘かと思ったのに」

「あいにくと嘘ではないのだよ、これが」

オルドネスがスッと手を挙げると、アバランチが鉄球を大きく振り上げた。

「無駄な抵抗はやめて、おとなしく投降しろ。どう足掻《あが》いたところで、おまえたちにこの状況を打破するすべなどない。何せ……こっちには伝説の八極がいるのだからな」

「へへへ、そういうこった」

オルドネスとクレイブたちのやりとりを眺めていた赤鼻のアバランチは、威嚇するように鉄球を力強く地面に叩《たた》きつけてその上に座り込む。

万事休す。

これだけの数の兵士に加えて、八極を相手に勝利するなど不可能だ。

「……ここまでか」

己の不甲斐《ふがい》なさを嘆くようにクレイブは俯《うつむ》き、拳を強く握った。

次の瞬間、先ほどの砲撃と同じくらいの強烈な衝撃がクレイブたちを襲った。

「な、なんなんだよ⁉」

「ど、どうしたっていうの⁉」

「敵の新手か⁉」

三人は衝撃に耐え、なんとかその場に踏みとどまり、謎の衝撃の正体を知るため周囲に視線を巡らす。

その際、自分たちと同じように動揺しているプレストンやオルドネスたちの姿が映った。

「聖騎隊の攻撃じゃない……？」

そう分析した直後、顔を上げたクレイブは驚きの光景を目の当たりにする。

目の前にいた聖騎隊の兵士たちが次々と宙を舞っていくのだ。

立ち込める砂煙でハッキリとした様子は窺《うかが》えないが、どうやら激しい戦闘が繰り広げられているようだ。

「セ、セリウス王国の騎士団が間に合ったのか？」

それにしては、戦い方が豪快だ。

実力が拮抗《きっこう》しているわけではなく、圧倒的な力の前に為すすべなく一方的にやられているように映った。それはつまり、セリウス王国の騎士団よりずっと強い存在が、この戦いに介入していることになる。

そんなバカな、と頭を振ったクレイブは、さらにとんでもない場面を目撃する。

「覚悟しなさい！」

ある場所では、金髪ポニーテールのエルフ少女が自分の身長に匹敵する大剣を振り回して聖騎隊を蹴散らしている。

「わっふぅ！　悪さをする人はこらしめます！」

別の場所では、長い銀髪ともふもふの尻尾を持つ犬耳少女が、パンチやキックを乱れ打って聖騎隊を吹き飛ばしていく。

「な、なんだ、あいつら⁉」

「可愛《かわい》いくせにめちゃくちゃ強いぞ！」

「怯《ひる》むな！　あいつらを捕らえろ！」

何人もの兵士が束になってふたりの少女へ挑むが、全員漏れなく返り討ちに遭っていた。

呆然《ぼうぜん》とするクレイブだったが、突如、肌を刺すような凄《すさ》まじい魔力を感じ、一瞬にして肌が粟立《あわだ》った。それはプレストンやエドガー、ネリスも感じ取っており、全員の視線はその魔力が放たれている方向へと移動する。

そこには、いつの間にか茶色い髪の少年と、赤い髪の少女が並んで立っており、その場にいた誰もが、よく知っているふたりだった。

「トア!?　エステル!?」

「ク、クレイブ？　ど、どうしてここに？」

「ネリスにエドガーくんも……なんで？」

現れたのは、かつてクレイブたちと同じヘルミーナ隊に所属していたトアとエステルだった。以前と変わらぬ姿のふたりを見て、クレイブもエドガーもネリスも、まったく同じ言葉を思い浮かべていた。

よかった……ふたりは再会できていたのだ、と。

「はっはっはっ！」

そんな三人の気持ちを踏みにじるプレストンの高笑い。

「誰かと思ったら、フェルネンドから逃げだした腰抜けと手配犯にまで堕《お》ちた間抜けの裏切り者じゃねぇか。こんなところで何やってんだ？　兵士を廃業して、ふたりで仲良くお洋服屋さんでも開いたのか？」

プレストンにとって、トアは養成所時代に敵《かな》わなかった相手。だが、トアが戦闘においてなんの役にも立たない《洋裁職人》というジョブであると発覚してから、ずっと「使えないクズ」と下に見ていた。

それは今も変わらない。

「おまえみたいな雑魚に用はないが、そっちの《大魔導士》には用がある」

プレストンは、今度は槍の先端をエステルへと向ける。

「手配犯であるおまえが相手となれば話は別だ。捕まえてフェルネンドに送り届ければ、聖騎隊から懸賞金がもらえるぜ」

狙いは、脱走兵として手配され、懸賞金がかけられているエステルだった。

「やめておけ、プレストン……《大魔導士》のエステルを相手に、おまえが勝てるはずがない」

「まあ、俺ひとりじゃ難しいかもなぁ」

プレストンは気づいていた。

自身の背後にいる大勢の兵士の存在に。

「第二陣が到着したようだ。もう少しすれば、第三陣も到着する。それに、こちらには八極もいるんだ」

兵士たちの先頭には、髭を撫《な》でるオルドネスがいた。

「ふふふ、今日はついているな。トア・マクレイグにエステル・グレンテスが揃《そろ》い踏《ぶ》みとは」

「オルドネス隊長……それにみんなも……」

改めて、ダルネスの街を襲撃したのが、元同僚たちであることを認識したエステルはショックを受けているようだった。

そんなエステルを守るように、トアは一歩前に出てプレストンと向かい合う。

次の瞬間、トアの魔力が、ひと際大きく爆《は》ぜた。

「うおっ⁉」

突風が発生し、プレストンの視界を奪う。

なんとか目を開けたプレストンは、視線の先に剣を構えるトアの姿を見る。そして、強く大地を蹴り、プレストン目がけて跳躍した。

「⁉」

声も出せないまま、プレストンは向かってくるトアの攻撃を防ぐため、その剣を槍で受け止めた——はずだったが、勢いに押されて吹っ飛ばされる。愛用の槍は粉々に砕け散り、自身は近くにあった倉庫の壁に背中を打ちつけるが、それでも勢いは止まる気配を見せず、結局壁をぶち破って倉庫内までぶっ飛びようやく止まった。

「「「「なっ⁉」」」」

オルドネスや聖騎隊の兵士たちは、落ちこぼれだったはずのトアに、エリートのプレストンが一撃で倒されるという光景を前に驚愕《きょうがく》していたが、それは何も彼らに限ったことではない。

「あれが……トア？」

「す、すげぇ……」

「どうなっているのよ……」

トアを昔から知るクレイブ、エドガー、ネリスの三人も、その圧倒的な力に開いた口がふさがらない状態だった。

元々トア・マクレイグという少年は大変な努力家で、鍛錬を欠かさず、常に向上心があった。《洋裁職人》というジョブのせいで、遺失物管理所へ飛ばされてからも剣の腕を磨き、いつか必ず魔獣討伐の任務に就くと燃えていた。

しかし、今見せたあの強大な魔力は、日々の修行で身につけられるものではない。

そうなると、必然的にたどり着くのがジョブの誤診断。

本来、トアが持っていたジョブは《洋裁職人》ではなく、まったく別の何かであり、その力が解き放たれ、プレストンを圧倒したのではないか。クレイブたち三人はひと言も自分の考えを口にしてはいないが、まったく同じ結論に達した。

「こっちには八極がいるんだ！」

計算外の出来事に、しばらく思考停止していたオルドネスだったが、八極のひとりである赤鼻のアバランチの存在を思い出し、再び強気な態度でトアたちに絡む。

「へへへ、そういうこった。てめぇみたいな小僧がどれだけ足掻こうが無駄なことだ」

鉄球を担ぎ、トアを見下すアバランチ。

「よせ、トア！　逃げろ！」

さすがに八極が相手では勝ち目がないと、クレイブは必死に叫ぶ。だが、当のトアはまったく退く気がない。

「エステル！　おまえからもトアに――」

「大丈夫よ、クレイブくん」

動かないトアに、エステルからも説得してもらうよう頼もうとしたクレイブであったが、そのエステルも引く気がない様子だ。

トアとアバランチ。

ふたりのにらみ合いが続く中、緊迫した空気に似つかわしくない、ゆったりとした口調で割り込んでくる者がいた。

「ほぉ……八極がいるのか」

現れたのはシャウナだった。

クレイブたちやオルドネスは初めて見る顔だが、トアとエステルにとってはよく知った顔だ。

シャウナはトアの前に出て、アバランチと対峙《たいじ》する。ふたりは同じ八極同士で、共に戦場を駆けた仲であることから、当然顔見知りのはず。

だが、アバランチの口からは意外な言葉が飛び出した。

「あぁ？　なんだ、おまえは」

アバランチはシャウナのことを知らないような口ぶりだった。

「大きいの……ひとつ手合わせを願おうか」

「おもしれぇ！」

「こう見えて、私は今まで一度も戦いで負けたことがないんだ。八極っていうのが本当に噂《うわさ》通りの強さなのか確かめてやろう」

「お、おのれ、我らの邪魔をして……そうまで言うなら望み通りにしてやろう」

オルドネスが合図を送り、それを受けたアバランチが鉄球を天に掲げる。

「悪く思うなよ、姉ちゃん」

アバランチはそう言って、鉄球をシャウナ目がけて振り下ろした。ブォン、という風を切る音が聞こえたと思った瞬間、鉄球がシャウナを直撃。先ほどの砲撃よりも大きな震動と爆音が街を包む。

「いい一撃だった。申し分ない。だが――本物のアバランチの足元にも及ばない」

直撃を受けたはずのシャウナの声が、アバランチの眼前から聞こえた。シャウナは、アバランチが振り下ろした鉄球の上にいたのだ。

「バ、バカな⁉　かわしただと⁉」

「これくらい見切れないようでは八極を名乗れないいさ」

シャウナは鉄球を強く蹴りあげ、あっという間にアバランチの顔近くまで距離を詰めると、そのまま強烈な蹴りを眉間へと叩《たた》き込《こ》んだ。

「うぐおおおおおおっ⁉」

防御する間もなく、シャウナの一撃が綺麗に決まると、アバランチと名乗っていた巨人族の男は大の字になってその場に倒れた。

「「「「んなぁっ!?!?」」」」

続けざまの衝撃に、オルドネスをはじめとするフェルネンド聖騎隊の面々も開いた口が塞がらない。

一方、シャウナは物足りないのか、あくび交じりに横たわる大男へと声をかける。

「その程度の実力で八極の名を騙《かた》るとは……百年近く何もしていないせいもあるのか、随分と我々も下に見られたものだ」

シャウナの蛇の瞳に睨《にら》まれた偽アバランチはひどく狼狽《ろうばい》し、怯《おび》え始め、ついには泡を吹いて気絶してしまった。

「あの巨人族……偽物だったのか……」

クレイブは安堵《あんど》のため息を漏らす。

子どもの頃から憧れていた八極が、暴走を始めたフェルネンドに手を貸したという話を聞いた時はショックだったが、それが実は偽物だと知り、「やはりな」と安心したのだった。

「そんなバカな……」

一方、オルドネスは困惑する。

フェルネンド王国が用意した赤鼻のアバランチは確かに偽物だ。

しかし、たとえ偽物であったとしても、人間よりも遥《はる》かに優れたスペックを持つ巨人族。その中でも、腕の立つ者を見繕い、八極として同行させた。

その体格と八極というネームバリューで、セリウスとの戦いを優位に進めようと目論《もくろ》んでいたのだが、いきなり現れた女ひとりにあっさりと倒されてしまう。こんなこと、まったく想定していない事態であった。

シャウナは視線をオルドネスの方へと向ける。視線がぶつかったオルドネスは、その瞳を見てギヨッとした。

「へ、蛇の瞳……」

まさに蛇に睨まれた蛙《かえる》状態の聖騎隊。

そこで、オルドネスはシャウナの正体に気づいた。

「く、黒蛇のシャウナ……本物の八極か!?」

「その通りだ。それにしても、まさか本物のアバランチ殿を知っている私が偶然この場に居合わせようとは……君たちは運がないな」

陽気に笑いだすシャウナだったが、その笑みはすぐに消えた。

「さて……我が同志の名を騙り、セリウス王国へ侵攻してきた君たちをどうしようか……こうなったら、ひとりずつ丸呑《まるの》みにしようか」

聖騎隊を見渡す八極のシャウナ。獲物を物色するような眼差《まなざ》しに晒された聖騎隊の兵士たちは皆一斉に震えあがった。自分たちが束になってかかっても止められそうにないあの偽アバランチを、いとも容易《たやす》く倒したシャウナに挑もうなどという命知らずはいなかった。

本物の八極登場は、クレイブたちにも衝撃を与えていた。

「あれが……八極の力か」

「常軌を逸していると聞いていたが……これほどとは……」

「伝説になるわけだわ……」

驚異的な実力に、誰もが放心状態になっていると、さらにオルドネスたち聖騎隊へ追い打ちをかける事態が。

「オルドネス様！　セリウス王国騎士団が街へ入ってきます！」

「ぐぅっ……！」

傷だらけとなっている別部隊の兵士がもたらした状況報告。さらに戦況が悪化したという知らせを受けたオルドネスは激昂《げきこう》する。

「あれだけの兵がいたというのに、一体何をやっているんだ！」

数では圧倒しているはずが、聖騎隊は防戦一方だった。

その理由はすぐに明らかとなる。

「ぎ、銀狼族に王虎族だと⁉」

「人間に協力的でないはずの彼らが、なぜセリウス側に味方し、我らと敵対するのだ⁉」

伝説的な存在である種族と対峙した兵たちは、人間を遥かに超越する戦闘能力を持った彼らの前に、次々と倒されていく。

聖騎隊の前に立ちはだかったのは銀狼族や王虎族だけではない。

「モ、モンスターだ！」

「なんでこんな街中にいるんだ⁉」

「しかも、ダルネスの人々を守りながら戦っているぞ！　どういうことだ⁉」

衣服を身にまとう一風変わったオークやゴブリンが、逃げ惑うダルネスの人々の盾になる形で聖騎隊と対峙し、向かってくる兵たちを蹴散らしていた。

さらに、兵たちを苦戦させたのは彼らが持つ武器だった。

「あいつら……なんであんなにいい武器を装備しているんだ⁉」

「武器だけじゃない！　防具まで我らの装備している物とは比べ物にならない性能だ！」

それもそのはずで、彼らが持っているのは、鉄腕のガドゲルの弟子である鋼の山のドワーフたちが作った装備品だ。ただでさえ、パワーやスピードが人間よりもずっと優れているのに、高性能の武器や防具を手にしたら、もはや聖騎隊だけでは手に負えない存在となる。

パニック状態に陥り、まともに指揮が執れそうにないオルドネスは、周囲の兵たちに聞こえるよう、必死に考えて思いついた策を全力で叫んだ。

「撤退だぁ！　セリウス本隊と接触する前に撤退するんだぁ！」

オルドネスは全兵士へ撤退命令を下した。

こちらに背を向けて逃げだす兵士たちを見て、クレイブたちは「助かった」と認識し、脱力してその場にへたり込んだ。

「だ、大丈夫、クレイブ⁉」

「エドガーくんにネリスも、怪我《けが》はない？」

トアとエステル、それにシャウナはオルドネスたちへの追撃をセリウス騎士団に任せ、弱っているクレイブたちのもとへ急いだ。まず、トアが今にも崩れ落ちそうなクレイブの肩を抱き、続いてエステルが怪我をしているネリスに回復魔法をかけた。

クレイブは薄れゆく意識の中でトアに尋ねた。

「どうしておまえがここにいるんだ……？」

「話せば長くなるから、また改めて説明するよ。……それより、今はゆっくり休んでくれ」

トアの言葉に促され、クレイブは目を閉じる。

「ああ……そうさせてもらおうか……」

「俺も……なんか眠くなってきたぜ……」

「移動を優先して、ろくに寝てなかったものね……」

危機が去ったことで、これまでの疲労が一気に押し寄せてきたクレイブ、エドガー、ネリスの三人は、そのまま眠りについたのだった。

◇◇◇

「うっ……」

クレイブは重たいまぶたをゆっくり開ける。

どうやらベッドに寝かされていたようだが、そこは見知らぬ空間だった。

どこかの部屋らしいが見覚えはない。

体には包帯が巻かれており、怪我の治療が施されたあとがあった。

「ここは……」

「あ、目が覚めたかい」

上半身を起こしたクレイブに声をかける者がいた。柔らかな緑色の髪をした女性――と、最初こそ思ったが、近くで見ると、どうやら男性のようだった。さらに、その横には屈強な大男が立っている。

「ここはセリウス王国ファグナス領にある、エノドアという町の診療所だよ」

「……あなた方は……？」

「僕はレナード・ファグナス。このエノドアの町長だ。こちらは自警団団長のジェンソンさん」

「よろしくな」

「エ、エノドア……目的地に着いたということか……うぅ！」

「おっと、まだ無理はするな。大きな怪我をしていないとはいえ、かなり弱っていたみたいだからな」

ジェンソンは、起き上がろうとしてふらつくクレイブを気遣った。

見知らぬふたりの男を前に、クレイブは混乱していたが、時間が経《た》つにつれて頭が徐々に整理され、やがて自分の置かれた状況を理解する。

「俺は……助かったんですね」

「『俺は』じゃなくて『俺たちは』の間違いだろ？」

聞き慣れた声が、耳に届く。

「エドガー！　それにネリスも！」

「おまえにしては珍しく寝坊したな」

「しょうがないわよ。一番頑張ってくれていたんだし」

クレイブの横に並べられたふたつのベッドには、エドガーとネリスが横たわっていた。ふたりとも腕や足に包帯が巻かれ、クレイブ同様、きちんとした治療を受けたようだ。

「君たちの話はトア村長から聞いているよ。まだ養成所を出たばかりで若いけど、とても優秀な兵士だって言っていたよ」

「トア……そうだ！　なぜあのダルネスにトアが」

クレイブが疑問を口にすると、まるでそのタイミングを見計らっていたかのように、部屋の扉をノックする音が響く。

「どうぞ」

レナードが入るよう促すと、静かにドアが開く。

「久しぶり、クレイブ」

「体の方は大丈夫？」

「「トア！　エステル！」」

クレイブ、エドガー、ネリスの三人は思わず飛び起きた。体の痛みより、もう二度と会えないだろうと思っていた親友にまた会えた喜びが勝って、

「今までどこで何してやがった、この野郎！」

「ご、ごめん、エドガー」

「急にいなくなって心配していたんだからね、エステル！」

「ごめんなさい、ネリス」

養成所を出てからは叶《かな》わなかった五人揃《そろ》っての再会に、思わずレナードたちの存在を忘れてはしゃぐ。だが、ただひとり、いつもと変わらず冷静な者がいた。

「感動の再会に浸りたいのは分かるが、状況の整理をしたい。……トア、おまえには特にいろいろと話してもらいたいことがある」

クレイブだった。

「分かっているよ。クレイブ」

「うむ。……だが、まあ、その前に――」

コホン、と咳払《せきばら》いを挟んでから、クレイブとトアは熱い抱擁を交わす。

「また会えて本当に嬉《うれ》しいぞ、トア」

「それは俺も同じだよ、クレイブ」

そうして、しばらく再会を喜び合った後、本題へと移った。

まず真っ先にクレイブが、「なぜ聖騎隊がダルネスに侵攻した際、その場所に居合わせることができたのか」という質問を投げかけるが、それに答えるには、トアがフェルネンド王国を去ってからの足取りを含めて説明した方がいいだろうと判断し、一から話し始めた。

「俺は今、ファグナス領の南にある屍《しかばね》の森に住んでいる」

「し、屍の森だって⁉」

「あそこって確か、ハイランクモンスターがうようよいる危険地帯よね？」

エドガーとネリスが顔を見合わせる。

そんな危険地帯に住んでいるなど、到底信じられない。

「確かに危険な場所だけど、俺のジョブのおかげで生活できているんだ」

「おまえのジョブ……《洋裁職人》か？」

クレイブの言葉に、トアは首を横へ振った。

「そうじゃなかったんだ。俺の本当のジョブは、『ようさい』は『ようさい』でも『要塞』――つまり、軍事拠点の方の要塞だったんだ」

「要塞？　……屍の森にある要塞と言ったら――あの無血要塞か！」

「うん。俺やエステルは、今その無血要塞ディーフォルに村を作って暮らしているんだ」

「要塞に村？　な、なんだかピンと来ないわね」

戸惑うネリスだが、それはクレイブやエドガーも同じだった。

さらにトアは要塞村の話を続ける。

何もない、廃棄された要塞でジョブの真の力に目覚めたこと。

リペアやクラフトといった能力を駆使して村を作りあげたこと。

エルフ、ドワーフ、銀狼族、王虎族など、さまざまな種族と一緒に暮らしていること。

おまけにローザとシャウナ、八極のふたりも村に住んでいること。

領主であるファグナス家当主から正式に村長として認められ、今も懇意にしていること。

そして、神樹ヴェキラの加護を受けたことで、強大な魔力を有するようになったこと。

「そうか……プレストンとの戦闘中に見せたあの魔力は、その神樹ヴェキラから得た魔力だったのか」

「あれにはビビったよな」

「ええ。一体何がどうなったのか、最初はまったく分からなかったわ」

「ふふっ、それは私も同じよ。要塞村で再会するまで、私もずっと服飾関係の《洋裁職人》だと思っていたから」

トアがフェルネンド王国を出てからの詳細な足取りを説明し終えると、今度はレナードも交えて先日のダルネスに関する話を始めた。

それが終わると、三人は一斉にため息を漏らす。

「話を聞き終わったあとでも信じられないな。……おまえが村長をしていて、しかもあの八極や大貴族であるファグナス家ともつながりを持っていたなんて」

「俺自身が未《いま》だにちょっと信じられないくらいだしね」

「でもまぁ、昔からトアを知っている俺たちからすれば、それくらいのことはやりかねないって感じかな」

「言えているわね。最初こそ驚いたけど、冷静に考えると、トアならあり得なくはないかなって思っちゃうもの」

　トアやエステルとの会話を続けていくうちに、クレイブたちは元気を取り戻していた。調子が悪そうに見えていたのも、怪我自体も軽傷であったのもあるが、睡眠不足も合わさって動きが鈍っているだけだったのだ。

「一度見てみたいものだな……要塞村というのを」

「遊びに来てよ、クレイブ。今ちょうど、このエノドアと要塞村を結ぶ道を新しく造っているところなんだ」

「ああ……必ず会いに行くよ」

「村の人たちはいい人たちばかりだから、きっと歓迎してくれるわ」

「ふっ、それなら安心だな」

「おいおい、俺たちのことも忘れるなよ！」

「まあ、いいじゃない。もちろん、私たちも会いに行くわ」

「ええ。楽しみにしているわ、ネリス」

　クレイブたちと要塞村で会う約束をしたトアとエステル。

　すると、おもむろにクレイブがベッドから起き上がった。

「む、無理しない方がいいよ、クレイブ」

「大丈夫だ。むしろ、これ以上寝ていては体がなまって仕方がない」

「言えてるな」

「そうね」

エドガーとネリスもクレイブに続き起き上がった。

すると、その様子を見ていたレナード町長がある提案を持ちかける。

「なら、散歩でもしながら自警団の詰所へ来ないかい？　今ならメンバーが揃っているし、君たちを紹介するいい機会だと思うんだ」

「おお、それはいいですな」

エノドア自警団は、クレイブたちの新しい職場となる場所。実際に職務へ就くのはまだ先の話だが、働く現場の雰囲気を事前に知っておいてはどうかというレナードの気遣いだった。新しい上司となるジェンソン団長も、「そうしてみてはどうか」と賛同した。

「いいですね。案内をお願いできますか？」

「もちろんさ」

「あ、俺もついていっていいですか？」

「私もみんなの新しい仕事場がどんなところか見てみたいです」

「なら、みんなで行こうか」

結局、クレイブたちの新しい職場を見学するため、五人揃って自警団の詰所へと移動することになった。

診療所からそれほど離れていない位置に、エノドア自警団の詰所はあった。

造りとしては一般家屋よりも少し大きいくらいで、地下には罪人を一時的に拘束しておくための牢屋《ろうや》もあるらしい。

ちなみに、町長レナードは鉱夫長シュルツに呼ばれ、途中退席となった。

「さあ、中へ入ってくれ」

団長のジェンソンが先頭になり、クレイブたちを詰所の内部へと案内する。

町の治安維持を目的とする自警団という組織のため、構成されているメンバーは屈強な男たちが多い。そのため、ひどく散らかっているのではないか、という懸念があったが、その内部は意外にも整理整頓が行き届いており、清潔だった。

「へぇ、いい雰囲気だな」

「そうね。いい意味で、予想を裏切られたわ」

エドガーとネリスは興味深げに辺りを見回している。その反応から、どうやらこの職場を気に入ったようだ。トアとエステルもふたりと同じように、その場にいる団員の人相からは想像できない綺麗《きれい》さに驚いていた。

一方、内部の状態にあまり関心のないクレイブは他の団員に挨拶をして回っている。

すると、詰所に入ってから姿の見えなかったジェンソンが奥の部屋から出てきて、トアやクレイブだけでなく、他の団員たちを呼び集めた。

「あー、諸君。今日はフェルネンド王国から来た三人の若き仲間を紹介したが……実は、他にもあとひとり、同じくフェルネンド王国からこの自警団へ入団する者がいる」
ジェンソンが言い終えた瞬間、周りは騒然となる。クレイブたちはもちろん、トアやエステルも
そのことは聞いていなかった。
レナード曰《いわ》く、トアたち五人ととても関わりの深い人物だから、サプライズで驚かせようと計画
したらしい。
「では、入ってきてくれ」
奥の部屋につながる扉に声をかけるとゆっくり開いていき、その人物の姿があらわとなった。
「こんにちはぁ！　フェルネンド王国から来ましたヘルミーナ・ウォルコットで～す！」
部屋から出てきたのはダブルピースではしゃぐヘルミーナだった。
「「「「「…………」」」」」
かつて、ヘルミーナ・ウォルコットという女性をよく知るトアたちは、見てはいけないものを見
てしまったという表情で固まっている。厳しくもあり優しくもある、頼れる姉御肌なヘルミーナの
あり得ない変貌ぶりを受け入れられないといった感じだ。
「……違うんだ」
顔を真っ赤に染めたヘルミーナはそう告げるのが精一杯だった。
エノドアでの婚活成功に焦るあまり、これまで抱かれていた堅物のイメージを払拭するため、生
まれ変わるつもりで一世一代の大勝負に出たわけだが、その焦りから、自警団にはクレイブたちも
いるという事実をすっかり失念していたのである。おまけに、タイミング悪く、トアとエステルま

でいたものだから最悪だ。

気まずい沈黙が流れる中、ヘルミーナは無言のまま仰向《あおむ》けとなり、叫ぶ。

「私を殺せぇ！」

悲痛な叫びがこだまする。

「た、隊長！　私たち何も見ていませんから！」

「俺も何も見ていません！」

「わ、私もですよ！」

「そうっすよ！　だから安心してください！」

「御年を感じさせない弾けっぷりでした」

「「「クレイブ!!」」」

「わあぁあぁぁあぁぁあぁああぁあああ!!」

元部下たちの気遣いに心抉《えぐ》られ、とうとう泣きだしてしまうヘルミーナ。

それからしばらくの間、彼女の涙声は虚《むな》しく詰所に響き渡ったのだった。

第七章　要塞村とエノドアの交流会

フェルネンド王国のセリウス侵攻作戦は大失敗に終わった。

セリウス王国が対応策を講じる前に商業都市ダルネスの制圧に動いたところまではよかったが、そこでトア率いる要塞村の少数精鋭によって、偽の八極を名乗った巨人族やルーキーの中ではピカイチの評価を受けているプレストンは撃破。制圧部隊は壊滅状態へと陥り、慌ててダルネスから撤退していったのである。

その後、合流したハーミッダ大臣によって詳細な情報がセリウス王国へと渡り、その卑劣なやり口に各国が反発し、糾弾されることとなった。

こうして、大陸屈指の大国として名を馳《は》せたフェルネンド王国の評判は地に落ちたのだった。


ダルネスから戻って数日後。

トアは領主チェイス・ファグナスに呼ばれ、屋敷を訪れていた。

いつものように応接室に通されたトア。だが、定期報告の時と違い、今回はローザ、シャウナのふたりも一緒だった。

トアたちが呼ばれた理由は、フェルネンドの動向について。

現在、元フェルネンド王国外交大臣であったフロイド・ハーミッダが、セリウス王都に滞在して王家を中心に大臣職などの要人たちへ事態の説明に奔走している。

そのおかげで、セリウス騎士団は適切な防衛策を取ることができ、ダルネスの二の舞を防ぐことができた。

「フロイドについては問題ないだろう。第一王子であるバーノン王子は、戦火を広げないようセリウスに呼びかけた彼の勇気ある行動を評価している」

「そうですか……」

まだまだ先行きは不透明だが、チェイスからの情報にトアは安堵《あんど》する。

それから、チェイスは八極のふたりへと向き直った。

「今回のフェルネンドの暴走について、おふたりの見解が聞きたいのですが」

真っ先に口を開いたのは八極のひとり、ローザだった。

「正直、国の内情を直接この目で見たわけではないからなんとも言えんのぅ。ただ、ワシらが八極として参戦している頃はここまで愚かではなかったが、此度《こたび》の一件でフェルネンドへの信頼が失墜したのは確かじゃな」

「だろうね。政治は詳しくないが、今回のセリウスへの侵攻は素人《しろうと》目から見ても愚行としか思えない。一体、何がしたかったのだろうね」

英雄と呼ばれるふたりが言うと説得力がある。

「私は面識がないので分からないのですが……赤鼻のアバランチとは、一体どんな御方《おかた》なんですか？」

チェイスが問うと、ローザとシャウナは本物の赤鼻のアバランチについて語り始めた。

「アバランチ殿は白髪白鬚《しらひげ》で笑顔がチャーミングなナイスジジイだからな。それに、我ら八極の中ではもっとも慈悲深い男でもあった」

「そうじゃな。あのトアにも負けないお人好《ひとよ》しのジジイが、今さら戦争に加担するような愚かなマネはしないじゃろう」

かつての同僚をそう評価する八極ふたり。

世界中で、八極に名を連ねる赤鼻のアバランチを「ジジイ」呼ばわりできるのは、このふたりくらいだろう。

◇　◇　◇

もうしばらく、ファグナス邸で話をするというローザ、シャウナと別れ、トアはエノドアを目指していた。

今日はこれから、レナードのもとへ向かう予定なのだ。

その目的は、以前から企画していた要塞村とエノドアの交流会の内容を詰めるため。

ファグナス邸からエノドアへと到着したトアは、まず町の賑《にぎ》やかさに驚いた。

以前訪れた時にも住人はいたのだが、本格的に鉱山の町として機能を始めると、商業施設が本格的に開業し、人口は大幅に増加。それが、この賑わいを生んでいたのだ。ゴランたち、要塞村のドワーフによる魔鉱石加工は成功を収めており、これからますますの発展が見込めるだろう。

トアが町の変貌ぶりに圧倒されていると、不意に声をかけられた。

「やあ、トア村長」

相手はレナードであった。

どうやら、わざわざ出迎えに来てくれたらしい。

「こんにちは、レナード町長。ちょっといない間に、とても活気のある町になりましたね」

「そうなんですよ！　人も多いですし……大変ではありますが、やりがいを感じます！」

町長の仕事の大変さを目の当たりにしてもモチベーションは下がっていないようだった。

レナードと世間話をしながら屋敷へ向かって歩いていると、これまた偶然にもよく知る少女ふたりと出くわした。

「あ、エステル！　クラーラ！」

後ろ姿を確認して声をかけたトア。

振り返ったふたりは最初こそ笑顔だったが、それは一瞬にしてスッと消えた。

問題はトアと並んで歩く美女――のように見える成人男性。

「トア……今日はファグナス様のところへ行くって言ってたわよね？」

「え？　あ、う、うん」

「それなのに、こんな綺麗《きれい》な人と町中《なか》で何をしているの？」

「へ？」

エステルとクラーラが交互にトアへと詰め寄る。

どうやらレナードを女性と勘違いしているようなので、新町長就任の件も合わせて報告をする。

ふたりは一緒にいたのが男性と知って、かなり衝撃を受けていたようだった。

さらに、この騒ぎを聞きつけてやってきた人物がひとり。

「コラ、こんなところで何を騒いでいる」

仕事終わりのヘルミーナだった。

「す、すみません、ヘルミーナ隊長」

「トアよ。私はもう隊長ではないのだ。今はただのヘルミーナだよ」

「！　……そうでしたね。分かりました、ヘルミーナさん」

「よろしい。それで、そちらの男性は？」

「ああ、こちらは――って！　ヘルミーナさん、なんでレナード町長が男性だと⁉」

「？　何を言う。彼はどう見ても男だろう？　……というか、あなたが話に聞くレナード町長でしたか。ちょうどこれから挨拶に行こうと思っていたのですよ」

ヘルミーナはレナード町長の顔を知らなかった。

それも無理ない話で、フェルネンドからの移住話が出た際、彼女はハーミッダ大臣の護衛兵という役についていた。そのため、セリウス側との交渉は、王家絡みか領主であるチェイス・ファグナスがメインだったのだ。なので、名前は知っていても、実際に顔を合わせるのはこれが初めてだったのだ。

それでも、ヘルミーナは一発でレナードを男だと断言した。これにもっとも衝撃を受けたのがレナード自身であった。

「あなたが初めてです！　初対面で僕を男だと言ってくれたのは！」

「そ、そうなのですか？」

「はい！　ありがとうございます！」

「う、うむ」

興奮するレナードはヘルミーナの手を握る。

「……レナード町長、つかぬことを尋ねますが」

「なんでしょうか」

「腹筋が六つに割れている三十手前の女性をどう思いますか？」

ヘルミーナは小細工とかなしに真っ向勝負を挑んだ。

「……ヘルミーナさん」

「らしいといえばらしいけど……相当焦っているわね」

「聖騎隊時代に囁《ささや》かれていたお見合いを受けまくっているという噂《うわさ》は本当だったのかも……」

トアとエステルは、なりふり構わぬヘルミーナの姿勢に微妙な眼差《まなざ》しを送る。その横では事情を詳しく知らないクラーラが、興味深げにふたりのやりとりを観察していた。

ヘルミーナの人生を懸けた質問に対し、レナードの答えは――

「年齢については分かりませんが、腹筋については正直憧れますね。ご覧の通り、僕はこの見た目なので……羨ましいです」

「…………」

「？　ヘルミーナさん？」

返事をしないヘルミーナを不審に思ったレナードやトアたちが顔を覗《のぞ》き込《こ》む。

「立ったまま気絶している……」

結局、クレイブやネリスも呼び、気絶したヘルミーナを回収してもらった。


気絶したヘルミーナを自警団の詰所へ送った後、トアはレナードの屋敷で交流会の内容について話し合った。

提示した企画は、トアが村民たちと一緒に考えたもの。

その中でも、目玉企画としてトアが立案したのは、十数名のエノドア町民による要塞村への宿泊だった。

「要塞村に泊まれるなんて……これは楽しみですね。しかし、そちらの住人はよく承諾をしてくれましたね」

「これに加えて、当日はいくつかのイベントを考えています」

「それは今から楽しみだ！」

レナードはまるでピクニック前日の子どものように瞳を輝かせながらトアの話に聞き入った。誰よりも町長であるレナードが待ちきれないといった感じだ。

「イベントというのは、具体的に何をやるか決まっているのですか？」

「実は……セリウス王国の秋の風物詩をやろうかな、と」

「秋の風物詩？　――おおっ！　アレですね！」

トアの語った「秋の風物詩」というフレーズだけで、レナードはすぐに何をしようとしているのか読み取った。

「セリウス王国で古くから行われてきた伝統行事……運動大会ですね！」

レナードの言う運動大会とは、三つの競技の勝敗を競い合うもので、町村単位という規模で実施されるものだ。

すでに百年以上前から行われているもので、その最大の目的は町村同士の交流であった。

この話は以前レナードの父であるチェイスから聞いており、エノドアとの交流が話題に上がった頃からやってみたいと思っていたのだ。

「この運動大会というイベントは俺たちフェルネンド出身者には馴染《なじ》みがないものなので、レナード町長にいろいろと助言をいただけたらな、と」

「もちろんです！」

レナードは喜んで協力を申し出た。

「あと、要塞村へ来るエノドアの町民選びはレナード町長にお任せします」

「分かりました。あ、当日は僕も……」

「もちろんですよ」

トアがそう言うと、レナードは今日一番の笑顔で喜ぶのだった。

◇◇◇

要塞村の村民たちと村長トアによって立案されたエノドア町民の要塞村宿泊企画。

その一報が流れた日、エノドアはいつも以上の賑わいを見せていた。

「要塞村って、エルフやドワーフや伝説的獣人族が多く暮らしているって噂だが……」

「そういえば、要塞村とこの町を結ぶ道や橋も、彼らが造っているのだろう？」

「おまけに美形揃《ぞろ》いって話だ」

「自警団と一緒に町の周辺を警備してくれる言葉を話すモンスターもそこにいるそうだぞ」

「最初はモンスターが警備って何考えてんだって思ったが、思ったよりずっと礼儀正しくていいヤツらだったたな」

「そんな凄《すご》い連中をまとめているのが、十四歳の少年というじゃないか」

「一度見かけたが、どこにでもいそうな普通の少年だったぞ」

「それでも、周りの伝説的種族や精霊にモンスター、果ては八極の一員までもが彼を信頼しているという……」

「只者《ただもの》でないのは間違いないな」

エノドアはどこでも要塞村への招待という話題でもちきりとなる。

そして、それは自警団も同じだった。


エノドア自警団詰所。

レナードからの要請を受けて、翌日に迫った要塞村でのイベントについていく団員を決めるべく会議が行われていた。

「えー、というわけで、例の要塞村への体験宿泊企画について、我ら自警団は体験者に選ばれた町民を無事に要塞村まで送り届け、尚且《なおか》つ、戻ってくる際の護衛として同行する義務があるというお達しがレナード町長から届いた」

自警団の団長であるジェンソンは、毎朝行われるミーティングを利用して宿泊企画に対する業務連絡を行う。それに対し、真っ先に食いついたのはクレイブだった。

「つまり自警団からも誰かひとり選出される、と」

「うむ」

「つまりトアと一つ屋根の下で寝食を共にできる、と」

「うむ。……うん？」

なぜ相手がトアに限定されているのかツッコミを入れようとすると、その横から異議を申し立てる若者の声がした。エドガーだ。

「ちょい待ち！　要塞村に行けるなら俺も立候補するぜ！」

「……あんたはどうせ要塞村にいる可愛《かわい》い子が目当てでしょう？」

拗《す》ねたように言うネリス。だが、エドガーはお構いなしに主張を続けた。

「昔読んだ本に書いてあったんだ。銀狼族や王虎族は美人揃いだと。そんな村民に、是非とも一度正式にご挨拶をしたくてなぁ」

「動機が不純だぞ、エドガー！」

「おまえにだけは言われたくねぇよ！」

どちらが自警団代表として要塞村に行くのか。そのことで、クレイブとエドガーの間に対立が発生。ちなみに、他の団員はふたりの熱意に押されて撤退ムードとなっていた。

この事態に、復活した彼らの元上司でもあるヘルミーナが苦言を呈す。

「まったく、おまえたちは仕事だということを忘れすぎだぞ。そのような不純な動機で――」

「あ、そうそう。要塞村にはレナード町長ご自身も向かわれる予定だ」

「ここは私が単独で行こう！　異論は一切認めない！」

さらにヘルミーナが加わり、事態は余計にややこしい状態となった。

「……団長、火に油注いでどうするんですか？」

「す、すまん」

ネリスからジト目でお説教をされ、恐縮するジェンソン。

「いがみ合っていても仕方がない。ここはひとつ正々堂々勝負で決めないか?」

ヘルミーナからの提案を受けたクレイブとエドガーはこれを了承。

早速、普段演習場として利用している駐屯地の裏庭へと三人は移動した。

「これは予期せぬ展開となった……」

「いや、ほぼほぼ予想できた未来だと思いますよ」

クレイブたちの性格を知り尽くすネリスには、なんとなくこうなるだろうなというビジョンが見えていたのだ。

激しい戦いが繰り広げられている中、混乱の一端を担った人物が訪ねてきた。

「こんにちは」

ふたりの護衛を引き連れたレナード町長だった。

「これはこれは町長殿。今日はどうされましたか?」

すぐに団長のジェンソンが対応に当たる。

「自警団から誰が選ばれたのかチェックをしに来たんだけど……」

そう語る町長レナードの視線は自然と演習場へと向けられる。そこには死闘を繰り広げるクレイブ、エドガー、ヘルミーナの三人の姿があった。

「ひとつ屋根の下でトアと寝食を共にする権利は誰にも渡さん!」

「美少女とお近づきに!」

「我が婚活に終焉《しゅうえん》を！」

まるで咆哮《ほうこう》のように轟《とどろ》く三人の声。

その迫力に、レナードは思わず気圧《けお》された。

「あ、あの三人が候補なのかい？　でも、話している内容が違う気が……」

レナードに尋ねられ、ジェンソンが「残念ながらその通りです」と素直に答えようとした時だった。ずいっと一歩前に出たネリスが胸を張って答える。

「いえ、レナード町長、彼らは実戦を意識した訓練の最中なので、放っておいてまったく問題ありません。自警団から要塞村へ同行するのはこの私、ネリス・ハーミッダです。全身全霊をかけて町長はじめ要塞村へ向かうみなさんを護衛しますので、どうぞ安心してください」

「えっ⁉」

さも当然のようにスラスラと言い放つネリス。あまりにも自然な対応をするものだから、団長のジェンソンは訂正する間もなかった。

「そうだったのか。実はもう出発の準備が整ったので、もしすぐに出られそうならそのまま一緒に向かおうと思って来たんだ。それで、ネリスはすぐに出られそうかい？」

「いつでも準備はできています」

「よかった。それじゃあこちらへ。選ばれた町民の人たちも馬車に集まっているから」

「はい。……私だって、エステルと再会してからゆっくり話す機会なかったしね……」

「うん？　何か言ったかい？」

「いえ、なんでもありません」

思わず本心が口をついたが、ネリスは素早く誤魔化《ごまか》す。

「しかし、屍《しかばね》の森を通過するとのことでしたが……大丈夫でしょうか」

「すでに要塞村の村民が魔除《まよ》けのランプを整備した道に設置してくれている。おかげで、ここ数日ハイランクモンスターは出現していないそうだ」

「それを聞いて安心しました。それではジェンソン団長、私はこれから要塞村へ向かいますので後のことはお任せいたします」

「あ、ああ……気をつけて」

サクサクと話を進めたネリスはそのままレナードと共に出ていった。呆然《ぼうぜん》と立ち尽くすジェンソンの背後からは、未《いま》だに激闘を繰り広げる団員たちの魂の叫びが聞こえてくる。

「うおおおおおお！」

「おらあああああ！」

「はあああああああ！」

やがて、ジェンソンの額を汗が伝う。

「……後のことって、アレのことか」

決死の戦いを終えたクレイブたちにどう説明するべきか。

「というか、これだけもめるなら、間を取って俺が同行してもよかったような……」

ジェンソンは深く頭を悩ませることになるのだった。

◇　◇　◇

結局、出発直前でネリスが抜け駆けをしていることがバレて、クレイブたち三人を含む四人が自警団から選出されることになった。

レナードによって選ばれたエノドアの町民を乗せた馬車を挟むような形で、自警団メンバーを乗せた二台の馬車は屍の森へと続く道を進んでいく。

つい先日までは草木が溢《あふ》れていたのが、要塞村のドワーフを中心に銀狼族、王虎族、モンスター組が協力をして整備を始めているため振動も少なく、快適に進むことができた。

森を切り拓《ひら》いて造られたその道には、等間隔で魔除《まよ》けのランプが街灯のような形で設置されており、この効果で安全に進むことができた。さらに、最短距離で町を結ぶ際に障害となる川についても、短期間で立派な橋を造り、その課題も乗り越えた。

「たった数日でここまでの整備が可能なんて……」

「さすがは鋼の山のドワーフ族だな」

「親方さんがあの鉄腕のガドゲルなんだっけ？　枯れ泉の魔女に黒蛇と、凄い人たちを仲間に引き込んでいるわよね、トア」

「あいつなら、これくらいやれるだろうと俺は思っていたけどな」

「はいはい。――あ、見えてきたわよ」

ネリスがそう言って窓の外を指差す。

立ち並ぶ木々の合間から覗《のぞ》き見《み》える堅牢《けんろう》な佇《たたず》まいの要塞。かつて、帝国の切り札となるはずだった無血要塞ディーフォルだ。

「お、大きいとは聞いていたけど、まさかここまでなんて……」

「ああ……」

初めてディーフォルを目の当たりにする彼らは、その規格外のスケールに釘付《くぎづ》けとなった。

今から百年以上前に起きた世界大戦。

自分たちは書物でしかその凄《すさ》まじさを知らないが、そういった資料に目を通すだけでも大変な戦いであったことがよく分かる。

その大戦で使用されるはずだった要塞ディーフォルが目の前にある。だが、今のディーフォルは戦争とはまったく無関係な様相であった。

「おーい、そろそろエノドアからのお客さんたちが来ちまうぞー」

「こっちはもう準備万端だ」

活気ある声があちらこちらから聞こえてくる。

さらに要塞へと近づき、正門前に到着すると停車。

次々と馬車から人が降りてくると、すでに要塞村の村民たちが出迎えのため勢揃《せいぞろ》いしていた。

「ようこそ、要塞村へ！」

村民たちの先頭に立つ村長のトアが元気に挨拶をすると、エノドアの町民たちの緊張感もほぐれたようで、お互いに次々と挨拶を交わしていく。

その後、クレイブたち四人と合流。

レナード町長含む町民たちの周囲を警戒しながら、要塞内へと案内された。

その案内の途中、辺りを見回してみれば、そこにいるのは銀狼族リーダーのジンや王虎族リーダーのゼルエス、そして八極の一員である枯れ泉の魔女ローザと黒蛇のシャウナというなんとも豪華な顔ぶれ。

「……これ、俺たち護衛する意味ないんじゃねぇか？」

「八極がふたりもいるとは……それに、正直、こういうイベント事には無関心だと思ったが、他の種族も含めて結構ノリノリなのだな」

「それは俺も思った」

エドガーとクレイブは考えを改めていた。というのも、人間側との接点が少ない種族ということから、もっとぶっきらぼうなイメージを抱いていたふたりだが、気さくな感じでいろんな人と会話をしている光景を目の当たりにして驚いていた。

「他の村から人が来るのってこれが初めてだからね」

ふたりの横を歩くトアはのんびりした口調で言う。だが、ふたりからしてみれば、そうした凄い村民たちがみんなトアの言うことに従っている状況が実は一番驚くべきポイントであった。

男子三人の後ろでは町長のレナードがジンやゼルエスと談笑しながら歩いていた。そこに、急遽《きゅうきょ》参戦したヘルミーナがベッタリひっついている。

「レナード町長！　この私が命に代えてもお守りします！」

「あはは、ヘルミーナさんは大袈裟《おおげさ》ですねぇ」

ヘルミーナのヤル気が凄《すご》いので、とりあえず、そちらは専属ということで任せ、クレイブたちは安全だろうとは思いつつ、自分たちの仕事として町民の護衛に専念することにした。

さらに、最後方からはネリスとエステル、さらにクラーラ、マフレナ、ジャネットが並んで楽しくおしゃべりをしながら歩いている。こちらもすっかり打ち解けたようだ。

要塞内をひと通り見て回った後、たどり着いたのは収穫祭でも使った中庭広場。屋上庭園を造る際、こちらもいろいろと手直しを行い、現在はさらに広い空間としてさまざまなイベントを行う新しい集会場の役割を果たしていた。

「それで、その運動大会っていうのは具体的にどんなものなの？」

ネリスからの質問に答えたのはエステルだった。

「一般的には村や町同士で三つの競技を行い、その勝敗を競い合うものよ。古くから他の町との交流を深める行事として開催されているの」

「なるほど。勝負事というなら負けるわけにはいかないな、エドガー」

「おまえも大概ノリはいいよなぁ。まあ、俺も負ける気はないが」

「それは私も同じね」

話を聞いたクレイブたちエノドア組はヤル気満々。クレイブが言ったように、昔からこういった勝負絡みのイベントは三人とも好きなので、始まる前からすでに目の色が違っていた。

さらに、元々セリウス王国に住んでいる者が多いエノドアの町民にとっては馴染《なじ》み深いイベントであったため、こちらも一気にテンションが上がった。

「ふっ、我々も負けてはいられないな、ゼルエスよ」

「まったくだ。こちらも全力で挑もう」

「フォル！　足を引っ張らないでよ！」

「お任せください、クラーラ様」

要塞村の村民も、闘志を前面に押し出し、盛り上がっている。

セリウス王国式秋の風物詩による三本勝負という名目で、要塞村とエノドアの勝負の幕は開いたのだった。


要塞村チームとエノドアチームに分けて、早速最初の勝負が執り行われた。

三本勝負最初の競技は――借り物競争だ。

この運動大会に幼い頃から参加している者たちにとってはやり慣れた競技だが、フェルネンド出身者や他種族の者たちにとっては初耳の者もいるので、詳しい説明がなされた。ちなみに、説明役はレナード町長が務める。

「ルールは簡単です。まずは真《ま》っ直《す》ぐ走り、コース上のテーブルに置かれた紙を一枚取ってください。そして、紙に書かれた物を会場から探しだし、それを持ってゴールをしてください」

「ただスピードが速くてもダメなのね、この種目は」

「難しい物を引き当ててしまうと、タイムロスが大きくなりますしね」

クラーラとジャネットは冷静に競技内容を分析。

それを受けて、村長のトアが出場選手を選択した。

選ばれたのはマフレナと王虎族のゼルエス、そしてゴブリンのエディの三人。一方、エノドアからはネリスと鉱夫のマルテ、パン屋のベンが参戦する。

「って、あれ？　マフレナは？」

「へ？　さっきまでそこにいたのに……」

「どこへ行ったのでしょうか？　間もなくスタートですよ」

何の前触れもなく姿の見えなくなったマフレナを心配するトアとクラーラとジャネット。辺りを捜索していると、「トア様～」とマフレナの呼ぶ声が聞こえたので振り返る。

「「「なっ⁉」」」

その姿に、三人は驚愕《きょうがく》した。

「ちょ、ちょっと！　なんでそんな格好しているのよ、マフレナ！」

「わふっ？　変ですか？」

マフレナはいつもの服装ではなかった。

上半身は普通の白いシャツだが、特筆すべきは下半身。足の付け根まで露出した下着同然の格好に、クラーラは思わず苦言を呈したのだ。

しかし、マフレナが独断でこんな格好をするとも思えない。むろん、背景には黒幕の存在があった。

「クラーラ様、落ち着いてください。マフレナ様が着用しているのはブルマといって、帝国が誇るれっきとした運動競技における正装なのです。断じてやましい気持ちがあって推奨しているわけではありません」

「あんたが言うと説得力がまるでないんだけど！」

黒幕ことフォルが説明をするが、クラーラはそれを一蹴。

「着てみれば分かりますよ。ほら、みなさんの分も用意して――」

「却下！」

「遠慮します」

「私もちょっと無理かな……」

女子三人はフォルが言い終える前にブルマ着用を拒絶した。

「わふぅ……とっても動きやすいですよ？」

「そうは言うけどね、マフレナ……ほら、トアが意識してさっきからまったくマフレナと目を合わせようとしていないでしょ？」

「わふっ⁉」

クラーラの言う通り、マフレナの長くスラッとした足は、トアにとって直視しがたい刺激的なものだった。

「……き、着替えてきます」

「ああ！　そんな！」

トアが意識していることを知ったマフレナは途端に態度が急変。

フォルは残念がったが、後ろでクラーラが拳を構えている気配を察知し、それ以上ブルマに触れることはなかった。

マフレナの着替えを待って、いよいよ最初の競技が始まった。

「それでは……スタート！」

スターター役のシャウナが合図を出すと、六人は一斉にダッシュ。およそ二十メートル先にある机に置かれた紙を最初に手にしたのはマフレナだった。

本来、銀狼族は人間の文字が読めない。

だが、要塞村の学校で人間の文字の読み書きを勉強しているマフレナには、紙に書かれた文字を読むことができた。

「わふっ！」

折り曲げられた紙を開いた直後、マフレナの耳ともふもふの尻尾がピンと伸びる。

「あの反応……どうやらマフレナは当たりを引いたみたいね！」

クラーラはマフレナのリアクションからそう確信する。どうやらそれは正解だったようで、マフレナは迷うことなく一点を目指して走りだした。その先にいたのは――トアだった。

「トア様‼」

「えっ？　お、俺？」

マフレナは真っ先にトアのもとへと向かっていた。

「一緒に来てください！」

「あ、ああ……」

尻尾をブンブンと振りながら、マフレナに手を握られ、そのまま一緒にゴールへと駆け込んだ。

「あ、あれが銀狼族のスピード……本当にとんでもないわね」

勝負に敗れたエノドア組のネリスは、お題の書かれた紙を手にしたままその場に呆然《ぼうぜん》と立ち尽くしていた。

「お疲れだったな、ネリス」

そこへ、エドガーが労をねぎらいにやってくる。

「見せ場なく終わっちまったな」

「まあ、メンツ的にも仕方ないわね」

自分が負けたことへの悔しさを感じるより先に、勝ったことでマフレナがトアに抱き着いている微笑《ほほえ》ましい光景を目にして和んでしまう。あの銀狼族のマフレナという少女は、そういう不思議な雰囲気をまとった少女なのだとネリスは理解した。

そんなマフレナのもとに、エステル、クラーラ、ジャネットの三人が駆けつける。

「よくやったわ、マフレナ！」

「見事な走りでしたよ、マフレナさん！」

「わふふぅ～」

周りに祝福されて頬《ほお》が緩むマフレナ。

「ところで、その紙には何が書かれていたの？」

「わふ？」

エステルからの質問に、マフレナは首を傾《かし》げる。だが、それが気になっていたのはエステルだけではなかった。

「あ、それ、私も気になります」

「もしかして好きな人とか？」

「マフレナさんの場合は憧れの人でもトアさんを選びそうですが」

「むしろまったく関係ないお題だったりして」

クラーラとジャネットも気になるようだ。それに、声に出してはいないが、トアも同じ気持ちだった。

「えぇっと……これです！」

「どれどれ――っ!?」

差し出した紙に書かれた文字を見た女子三人は思わず固まった。

《この人にならかれてもいい》

マフレナの手にした紙にはそう書かれていたのだ。

「こ、これを見て真っ直ぐにトアを……」

「マフレナさん……大胆ですね……」

「なんて書いてあったの？」

「トアは見ちゃダメ！」

クラーラの妨害により、トアは中身を確認できなかった。その隙に、エステルとジャネットはマフレナへさらに詰め寄る。

「ね、ねぇ、マフレナ……この抱かれるって意味は分かる？」

「もちろんですよ！　よくトア様としていますし！」

「!?」

衝撃告白にふたりの動きが完全停止。さらに、離れた位置で聞いていたクラーラの動きもピタリと止まる。だが、マフレナの告白には続きがあった。

「わふっ！　私はよくトア様に抱き着いていますからね！」

誇らしく胸を張って言うマフレナ。

そこで女子三人は自分たちがとんでもない勘違いをしていたことに気づき、思わず全員が顔を真っ赤にして膝から崩れ落ちる。状況を把握していないのはトアだけだ。

「おやぁ？　みなさんどうしましたぁ？　随分と顔が赤いようですがぁ？」

一部始終を遠巻きに眺めていたフォルが、わざとらしくそんなことを聞いてきた。

「べ、別になんでもないわよ！　……それより、誰がこんなお題を……」

「さすがはマフレナ様ですよね。僕の用意した当たりのお題を見事に引き当てるとは」

「あんたが元凶かぁ！」

クラーラ渾身《こんしん》のハイキックがフォルの兜《かぶと》を捉え、遥《はる》か上空へと蹴り飛ばす。

何はともあれ、初戦は要塞村組が勝利を収めるという結果で終わったのだった。


三本勝負の第二試合目は——大玉送り。

これはドワーフたちが木の皮を利用して作った大きくて軽い玉を、スタートからゴールまでどちらが早く運べるのか競う。だが、この競技にはひとつ特別ルールがあった。

それは相手の運搬を妨害できるということ。

そのため、この種目には玉を運ぶキャリー役と相手を妨害するアタッカー、そして妨害から玉を守るディフェンダーの三人で構成される。

要塞村はキャリーにジンと各種族の子どもたち、ディフェンダーにジャネット、アタッカーにエステルという布陣で挑む。対するエノドア組はキャリーにレナード町長と町の子どもたち、ディフェンダーは鉱夫長のシュルツが務め、アタッカーにはクレイブを配置した。

この種目は出場者を見ると分かる通り、子どもたちと大人が一体となり、協力して進めていく競技である。なので、全体的にほんわかしたムードで進むのだが、一部のみ空気感がまるで違っていた。

「「…………」」

競技が始まる直前、エステルとクレイブは無言のまま見つめ合っている。

心なしか、互いの表情は険しく見えた。

「あのふたり……もしかして仲が悪いのか？」

「そうは見えませんでしたけど……」

ジンとジャネットは緊迫した空気を放つふたりを心配しつつもそれぞれのポジションにつき、いよいよ競技が開始される。

「エステル……おまえとはいずれ決着をつけねばならないと思っていた」

「奇遇だね、クレイブくん――私もそう思っていたよ」

次の瞬間、エステルは詠唱を始め、魔法を放つ。それは彼女がもっとも得意とし、よく使用する魔力を矢に変換する魔法だ。

無数の光の矢がクレイブ目がけて飛んでいく。

「甘いな！」

狙われたクレイブは矢を片っ端から剣で叩《たた》き落としていった。

「……トア、本当に彼は人間なの？」

「そのはずだけど……」

クラーラの疑問に、曖昧な答えを送るトア。

幼い頃から一緒に修行を積んできたはずだが、あの気迫と剣捌《さば》きはこれまでに見てきたクレイブのものとは異質だった。トアは「クレイブも成長しているんだ」と前向きに捉えていたが、エドガーとネリスは違った見解を持っていた。

「あのふたり……トアが絡むと見境ねぇな」

「基本的に仲はいいけど、昔からトアをめぐって対抗心燃やしていたものね」

「おかげで完全に種目変わってきてるもんな……」

大玉競争の裏で繰り広げられるエステルとクレイブの激闘。大玉競争と同じくらい、こちらも注目を集めていた。

「やっぱり凄《すご》いなぁ、エステルとクレイブは。俺ももっと精進しないと」

「マスター……あなたは罪な方ですね」

「？　何か言った？」

「いえ、なんでもありません」

クレイブとエステルの激しい攻防は続くが、その裏では競技がちゃんと進行しており、結局、この勝負はエノドア組が勝利を収めた。

「「…………」」

互いに肩で息をし、それが落ち着くと笑顔で握手を交わしたクレイブとエステル。その表情からは険しさが消え、充足感に満ちていた。

「いやいや、何やりきったみたいな顔してんだ、ふたりとも！」

「まあ、いいんじゃない。本人たち的には満足いく結果だったみたいだし」

エドガー怒りのツッコミをなだめるネリス。

この光景も、養成所時代から見慣れたものだった。

ともかく、これで勝敗は一勝一敗で並んだ。


最後の競技は——騎士道戦。

まず、各チームから十名を選抜。その十名は木で作られた軽量の兜を頭につけ、そこに的をつける。その的を、これまた木で作った模造剣で叩《たた》き落《お》とし、最終的に全滅した方が負けとなる。これが大まかなルールだ。

「っしゃあ！　俺が行くぜ！」

「ここで町長にいいところを見せれば……ふっ、これもまた婚活か」

エノドアからはエドガーとヘルミーナ、そして屈強な鉱夫を中心に八名が集結。

「さあ、行こうか、クラーラ！」

「ええ、派手に暴れてやるわ！」

要塞村からはトアとクラーラ、そしてドワーフのゴランや銀狼族のテレンスなど計八名を選出して競技に挑む。

「さて、これが最後の競技だ。双方全力を出しきって楽しんでくれ」

シャウナは開戦の言葉を述べて、開始を宣言。

すると、一斉に合計二十人の選手たちが走りだし、衝突。応援席からもこれまで以上に大きな歓声が沸き上がった。

最初にぶつかったのはヘルミーナとクラーラだった。

「いい腕とパワーをしているな、エルフの剣士よ！」

「パワーだけじゃないところを見せてあげるわ！」

普段は自分の身長よりも大きい剣を自在に振り回すクラーラ。そのパワーは要塞村でも屈指のものだが、そんなクラーラの一撃をヘルミーナは真正面から受け止める。

ふたりが熱い火花を散らしている横では、逆にふたりの少年が静かに対峙《たいじ》していた。

「よぉ、トア」

「エドガー……」

元聖騎隊の同期であるエドガーとトアだ。

「あの時のリベンジマッチといこうぜ」

「！　分かった」

トアはエドガーの言った「あの時」が、養成所での初演習を指していると察し、神樹の魔力を遮断。まだジョブの力に目覚めていなかったあの時と同じように、素《す》の状態でエドガーと対決する。

「……あなたのことばかりネタにしているけど、エドガーも大概トア好きよね」

「エドガーはトアと出会ってから明らかに変わった。そのきっかけになった、初演習のことを今もずっと覚えているからな」

過去のトアとエドガーの因縁を知るネリスとクレイブは、こうなる展開を事前に予想していた。

そんなふたりのもとへ、レナード町長がやってくる。

「トア村長は強いのかい？」

「養成所にいた頃までしか知りませんが、ジョブなしという条件付きならば相当強いですよ、トアは」

「でも、エドガーだって聖騎隊の一員として毎日任務と鍛錬を続けてきたわけだし、以前のような一方的な展開にはならないと思うわ」

レナードの問いかけに対し、ふたりはそれぞれの見解を述べる。

「よっしゃ！　そろそろ始めるか」

「うん！」

エドガーとトアが模造剣を構える。

両者の間合いが徐々に詰まっていき、トアがわずかに剣先を下げた瞬間にエドガーが先制攻撃を仕掛けた。

「うおおぉ！」

激しい連打がトアを襲う。

養成所時代に受けていたものとは段違いに重く、何より速い。《大剣豪》のジョブを持つクラーラと遜色ないほどだ。

だが、防戦一方で終わるわけにはいかないトアは反撃に出た。

「せいっ！」

荒々しい連打の隙をかいくぐるようにして放たれる一撃。

「ぐおっ⁉」

エドガーはかろうじて回避して一歩後退。呼吸を整えつつ、ニヤリと笑みをこぼした。

「嬉《うれ》しいぜぇ、トア……おまえはそうやって、俺の想像の一歩も二歩も先を行く。だから俺も追いつきてぇって思える。もっと強くなれるんだ！」

「エドガー……」

再び構える両者。

すると、ふたりの戦いぶりを目の当たりにした鉱夫たちから歓声があがる。

「いいぞ、エドガー！　おまえもお返ししてやれ！」

「落ち着いてやれよ！」

「おうよ！」

鉱夫たちからの大歓声を背に、エドガーが再びトアへと挑む。

「おらぁ！」

「はあっ！」

ガン、という音と共に、エドガーとトアはぶつかり合う。

鍔《つば》迫《ぜ》り合《あ》いとなり、体格で優《まさ》るエドガーが力でトアの剣を弾《はじ》き飛《と》ばす。その衝撃で、トアは大きくバランスを崩して尻もちをついてしまった。

「もらった！」

エドガーは好機と見て的を狙い模造剣を振り下ろす。だが、トアはそれを見越してカウンターを仕掛けた。バランスを崩しながらも腕を伸ばして剣を掴み、向かってくるエドガーの頭に付けられた的を狙った。

ふたりの剣が交差した直後、ひとつの的が宙を舞う。

その的は――エドガーの物だった。

「へっ……また負けちまったな」

「でも、紙一重だったよ……」

「ははっ、だったら……もっと鍛錬を積んで、次こそ勝てるようにするさ」

そう言うと、エドガーはトアへ手を差し伸べる。その手を取って立ち上がったトア。すると、周りの観客から拍手が巻き起こった。

そこへ、味方であるクラーラが駆け寄ってくる。

「いい勝負だったわよ、トア」

「ありがとう、クラーラ。……って、わあ⁉」

トアはクラーラの背後に広がっている光景を目の当たりにして驚きの声をあげた。

「急にどうしたのよ」

「い、いや、だって……あんなにたくさん……」

トアが指差す先には、この競技に参加していたエノドアの男たちの姿があった。しかし、全員漏れなくぐったりと横たわり、白目をむいている。

「もしかしてだけど……全部クラーラが？」

「そうよ？　でも、あのヘルミーナって人とは最後まで決着がつかなかったわ」

悔しそうに言うクラーラ。見ると、確かにエドガーを励ましているヘルミーナの姿が敵陣営にあった。あれだけの屈強な男たちをひとりで倒したというクラーラも凄いが、そのクラーラと引き分けたヘルミーナもまた規格外の強さだなぁと、トアは改めて思うのだった。


最後の一戦は要塞村が勝利を収め、トータルでも二勝一敗で要塞村の勝ちとなった。

開始直後は緊張の色が見えたエノドアの町民たちの多くが、このイベントを通して要塞村の村民たちと打ち解けることができたようだ。ここまではトアとレナードの狙い通りとなり、この後に行われる大宴会も大きく盛り上がりそうだと手応えを感じていた。

これまで人間と積極的に関わりを持とうとしなかったドワーフや銀狼族といった種族が、今は楽しみを共有し合い、しっかりと交流できている。

それを証明する目の前の光景を、トアは噛《か》みしめるように眺めていた。

そこへ、フォルがやってくる。

「マスター、この後ですが、みなさんにはお風呂で汗を流してもらい、それからおいしい料理とガドゲル様が差し入れてくれたお酒や要塞村で収穫された果実を使ったジュースなどを振る舞い、楽しんでもらう予定です」

「ありがとう、フォル。準備お疲れ様」

「いえいえ、これが僕の仕事でもありますからね」

さすがの仕事の早さに感心しながらも、トアは早速エノドアの町民たちを、新しく露天風呂が追加された要塞村の共同浴場へと案内する。

「風呂か……いいな」

「凄《すご》く汗をかいたものね」

「そうだな。風呂に入ってサッパリするか！」

クレイブたちも要塞村自慢の風呂が楽しみなようだ。

こうして、要塞村とエノドアで行われた第一回運動大会は大好評のうちに幕を閉じたのだった。

エピローグ

エノドアからの来客たちは、運動して汗だくになった体を要塞村の共同浴場で洗い流した。

その際、話題に上がったのは新しく造られた露天風呂だ。

「外に風呂があるなんて新鮮だな」

「ああ。おまけにこんな絶景を眺めながら入れるとは……なんだか贅沢《ぜいたく》な気分になるな！」

「風を感じながらお風呂に入るなんて……本当に気持ちがいいね」

クレイブとエドガー、それに町長のレナードは初めての露天風呂に上機嫌だ。彼らだけに限らず、
女湯からも楽しそうにはしゃぐ声が聞こえる。

「はあ～……最高！　こんないいお風呂に毎日入れるなんて、エステルが羨ましい」

「気に入ってもらえてよかったわ」

「クラーラと言ったか。君の剣の腕前は相当なものだな。聖騎隊でも、あれほどの実力を持った者はそういないぞ」

「トアと毎日鍛えていますからね」

「マフレナさん、今日は大活躍でしたね」

「わふぅ～」

ネリスとヘルミーナは露天風呂を満喫している。

露天風呂はエノドア町民にも大好評だった。

さらに、風呂上がりに振る舞われたフルーツ牛乳もエノドアの町民たちに衝撃を与えた。

「な、なんだ、こりゃ！　うますぎる！」

「果物と牛乳がここまで合うとは……」

「信じられないわね」

新鮮な驚きに包まれたエドガーたち。

そんな彼らをもっと驚かせたのが、お月見のために造り、今日の宴会の会場となっている屋上庭園だった。

「ほう、このような高い位置にある庭園は初めてだな。それに、ここからならあの巨大な神樹とやらもよく見える」

「本当ですね。父の屋敷にも庭園はありましたが、ここはそれに負けていないくらい手入れが行き届いていて美しいです！」

ヘルミーナとレナードは感心したように言う。

園芸を趣味としている銀狼族と王虎族の奥様方によって管理されたその庭園は、今や貴族の屋敷にあってもおかしくないくらい秋の花が咲き誇っていた。さらに、神樹ヴェキラから放たれる金色の魔力が降り注ぎ、花々の美しさがより増していく。

だが、草花に興味のない男子ふたりの関心はテーブルに並べられた料理へと向けられていた。

「おお！　こりゃ凄いな！」

「どれもおいしそうだ」

要塞村で日常的に食べられているフォルお手製の料理に各種族の伝統料理。さらに、屍《しかばね》の森で収穫してきた山菜を使用した秋季限定メニューも加えられた。

「相変わらず、お主は戦闘用の魔法兵器だったとは思えんな」

「お褒めいただき光栄です」

「……褒めたつもりはないのじゃが」

「まあいいじゃないか！　細かいことは気にせず今日は楽しもう！」

「今日『も』の間違いじゃろうが……というか、もう飲んどるし」

ローザとシャウナはいつも通りのテンションだったが、エノドアの町民たちが「八極のローザさんとシャウナさんですか？」とやってくると状況が一変する。本物の英雄が、しかもふたりもいるのだ。町民たちは興奮し、ローザとシャウナは質問攻めを食らった。これにはさすがに面食らったようで、ローザもシャウナもいつもと違って少し押され気味だった。

さらに、エノドア以外からの来客の姿もあった。

「トア村長！」

「ファグナス様！」

領主であるファグナス家当主のチェイスが、使用人たちと共に遅れて参戦。これには領民でもあるエノドアの人々も驚きを隠せず、騒然となった。

「今日は領主も民も関係ない！　飲んで騒ごうじゃないか！」

チェイスのこの一言がきっかけとなり、一気に盛り上がった。

そして、すべての参加者が屋上庭園に集まったことを確認すると、トアが乾杯の音頭を取り、いよいよ宴会が始まる。

「うめぇ！　うめぇぞ、クレイブ！」

「ああ、うまいな」

男子ふたりは早速食事に夢中となっている。

それも無理ない話だ。

なぜなら、ここで振る舞われている料理は、フェルネンド王国では味わえないものばかりなのだ。

「少しは落ち着いて食べなさいよ」

「そうだぞ、ふたりとも」

ネリスとヘルミーナは「しょうがないな」といった感じで料理にがっつくクレイブとエドガーを見ていた。

ふと、トアは周囲に目を向ける。クラーラやマフレナ、それにジャネットはエノドアから来た十代の少女たちと話し込んでいる。銀狼族も王虎族も、モンスターに精霊たちと、要塞村に住む伝説的種族たちは、エノドアの町民とおいしい料理や酒をお供にして会話に花を咲かせていた。

「トア、何を考えているの？」

ふたつの町村の交流を眺めていたトアへ、エステルが声をかけた。

「エステル……いや、もう無理だと思っていたから」

「無理？」

「俺が聖騎隊を辞めて、フェルネンド王国を出た後、クレイブたちとは……もう会えないと覚悟していたから」

「なんだよ、そんなふうに思っていたのか？」

話を聞いていたエドガーが、トアの肩に手をかける。さらにネリスとクレイブがやってきて、その後からヘルミーナも合流する。

「それにしても驚いたわよね。まさかあのトアがジョブの力で要塞を村にして、しかもその村長になって、おまけに聖騎隊を圧倒していたエルフや銀狼族の子が村民だなんて」

「俺も最初は耳を疑った。……だが、そのジョブのおかげで、トアは頼もしい仲間を持てた」

「まったくその通りだな」

四人の言葉は止まらない。

「大体なぁ、エステルの婚約話が出た時だって、まずは俺たちに相談するべきだろう」

「そ、それについては猛省しているよ……」

「トア、今度もし何か悩むようなことがあれば、必ず俺たちを頼ってほしい」

「そうよ。エステルほど長い付き合いじゃないけど、私たちだって友だちなんだから」

「元上司として、私も相談に乗るよ」

エドガー、クレイブ、ネリス、ヘルミーナの言葉に、トアの頬《ほお》はたまらず緩んでしまう。

役立たずのジョブを与えられ、一度は絶望を味わったトア。

しかし、《要塞職人》として覚醒し、それからは多くの仲間とこの要塞村で暮らしてきた。

それはこれからも変わらない。

昔の仲間と新しい仲間。

たくさんの頼れる仲間たちと共に、要塞村の村長として、これからも楽しくやっていこう。

賑《にぎ》やかな宴会の最中、トアは改めてそう思うのだった。

あとがき

一、二巻から引き続きお読みいただいている方はお久しぶりです。
初めてお読みいただいた方はどうもはじめまして。

作者の鈴木竜一です。


早いもので、今年の五月に本作はＷＥＢでの初投稿から一年を迎え、この三巻がお店に並ぶ頃には一年半となりました。

当初、まさかこんなにも長い付き合いになるとは夢にも思っておらず、このあとがきを書きながら「もう三巻かぁ」と感慨にふけっております。

さて、未《いま》だ書くのに苦労しているあとがきですが、前回は過去のお話をしましたので、今回は近況報告を行いたいと思います。

最近では、要塞村での生活に僕自身が憧れを抱くようになってきて、「将来は自給自足の生活を送ってもいいな」と思うようになりました。

そういった心境の変化もあって、今年の夏から人生初の野菜作りに挑戦しております。

理由は前述の通り、スローライフへの憧れが本格的に出てきたということもありますが、「スローライフをテーマにしている作品を書いているのだから、自分もそれらしいことをして、もっとリアリティのある描写を書けるようにしよう」という意味も込められています。

さらに言うと、そろそろ健康診断でお医者さんから食生活について苦言を呈される年頃になってきましたので、運動不足解消のためでもあったりします。

そんなわけで始めたプチスローライフ。

育てる野菜を大好きなトマトに決めると、早速近所のホームセンターで苗を購入。

おいしく育つだろうか。

たくさんできたらお裾分けをしなくては。

そんな考えが頭をよぎる中、注目の結果は……失敗でした。

実ったトマトはわずかにひとつという散々な収穫となりました。

作中では、畑こそ一巻でトアたちが協力して造っていますが、その後はリディスたち大地の精霊が管理しています。

しかし、現実の世界に大地の精霊はいません。

強力な魔力で野菜を急成長――なんていうのはあり得ないのです。

水やりや肥料をまくなどするため外へ出ると、朝方でも気温は高く、ちょっと動くだけで汗だくになる。そんな中での作業はなかなかに大変です。特に僕の場合は暑いのが大の苦手なので、環境としては最悪だったと言えるでしょう。野菜を育てるのは大変だということは知っていましたが、実際にやってみるとその大変さが身に染みて理解できました。

ただ、このまま失敗で終わりたくはないという気持ちもあります。

本当はもっとうまくやれたはず。

思い立ってすぐに行動したというのもあって、事前の準備不足が露呈する形となってしまいました。

そういったわけで、是非ともリベンジを挑みたいと、次に育てる野菜をすでに選別中だったりします。

最終的な目標は売れるくらいおいしい野菜を作ること。そして、やがては山奥で自給自足生活を送りたいなぁ。

まだまだ道のりとしては険しく遠いのでしょうけど、この夏の失敗を糧に、次こそはおいしい野菜を作ろうと思います。たぶん、三巻が出る頃にはもう結果が出ていることでしょう。

そう思うと、なんだか小説を書くことと野菜作りは似ている気がしてきました。

育てる野菜を選ぶ時は、どんな作品を書こうかと考えている時の感覚に似ていますし、よりおいしく育つように行うさまざまな工夫は、より面白い作品を書こうと試行錯誤する時の感覚に似ています。

野菜も小説も、いい物を作ろうと思ったら大変な苦労がかかるのだな、と思いながら今回のあとがきを書きました。

それでは最後に謝辞を。

担当のS氏には今回もいろいろとアドバイスをいただき、ありがとうございました。

そして、イラスト担当のＬＬＬｔｈｉｋａ様には今回も素敵なイラストをたくさん描いていただきました。特にカバーイラストの秋服に身を包んだトアたちを見た時は「おお！」と部屋で叫ぶくらいに感激しました。

さらに、こうして三巻まで発売できたのは、本作を読んでくださったみなさまのおかげです。本当にありがとうございます！

では、またお会いしましょう。

お便りはこちらまで

〒102－8078
カドカワBOOKS編集部　気付
鈴木竜一（様）宛
LLLthika（様）宛

カドカワBOOKS

無《む》敵《てき》の万能要塞《ばんのうようさい》で快適《かいてき》スローライフをおくります3
～フォートレス・ライフ～

2020年11月10日　初版発行

著者／鈴木《すずき》竜一《りゅういち》

発行者／青柳昌行

発行／株式会社KADOKAWA

〒102-8177
東京都千代田区富士見2-13-3
電話／0570-002-301（ナビダイヤル）

編集／カドカワBOOKS編集部

印刷所／暁印刷

製本所／本間製本

Printed in Japan
ISBN 978-4-04-073864-2 C0093

新文芸宣言

かつて「知」と「美」は特権階級の所有物でした。

15世紀、グーテンベルクが発明した活版印刷技術は、特権階級から「知」と「美」を解放し、ルネサンスや宗教改革を導きました。市民革命や産業革命も、大衆に「知」と「美」が広まらなければ起こりえませんでした。人間は、本を読むことにより、自由と平等を獲得していったのです。

21世紀、インターネット技術により、第二の「知」と「美」の解放が起こりました。一部の選ばれた才能を持つ者だけが文章や絵、映像を発表できる時代は終わり、誰もがネット上で自己表現を出来る時代がやってきました。

UGC（ユーザージェネレイテッドコンテンツ）の波は、今世界を席巻しています。UGCから生まれた小説は、一般大衆からの批評を取り込みながら内容を充実させて行きます。受け手と送り手の情報の交換によって、UGCは量的な評価を獲得し、爆発的にその数を増やしているのです。

こうしたUGCから生まれた小説群を、私たちは「新文芸」と名付けました。

新文芸は、インターネットによる新しい「知」と「美」の形です。

2015年10月10日
井上伸一郎

異世界の大賢者と
勘違いされるけど、
それ、ただの
DIYスキル！
カドカワBOOKS